옮긴이 윤진

아주대학교와 서울대학교 대학원에서 불문학을 공
부했으며 프랑스 파리 3대학에서 박사학위를 받았
다. 『자서전의 규약』 『문학생산의 이론을 위하여』
등의 이론서와 『사탄의 태양 아래』 『위험한 관계』
『벨아미』 『목로주점』 『파울리나 1880』 『알렉시·은
총의 일격』 『주군의 여인』 등 프랑스 문학작품을 옮
겼다. 현재 번역출판·기획 네트워크 '사이에' 위원
으로 활동하고 있다.

만

mãn

Mãn
by Kim Thúy

만
mãn

킴 투이 장편소설 · 윤진 옮김

문학과지성사

킴 투이 장편소설

만

제1판 제1쇄   2019년 11월 29일
제1판 제2쇄   2024년 6월 14일

지은이   킴 투이
옮긴이   윤진
펴낸이   이광호
주간   이근혜
편집   김은주
펴낸곳   ㈜**문학과지성사**
등록번호   제1993-000098호
주소   04034 서울 마포구 잔다리로7길 18 (서교동 377-20)
전화   02) 338-7224
팩스   02) 323-4180(편집)   02) 338-7221(영업)
전자우편   moonji@moonji.com
홈페이지   www.moonji.com

ISBN 978-89-320-3587-1 03860

이 도서의 국립중앙도서관 출판예정도서목록(CIP)은 서지정보유통지원시스템 홈페이지
(http://seoji.nl.go.kr)와 국가자료공동목록시스템(http://www.nl.go.kr/kolisnet)에서
이용하실 수 있습니다.(CIP제어번호: CIP2019045329)

네 곁에 눕기

네 곁에 누웠어, 너의 두 팔이

나를 안아. 너의 두 팔이

나보다 더 크게 나를 안아.

너의 두 팔이 나를 꽉 안아.

네 곁에 누웠어

너의 두 팔이 나를 안아.

── 에른스트 얀들*

*   [저자 주] 리하르트 다비트 프레히트Richard David Precht, 『사랑─
      감정의 해체*Amour─Déconstruction d'un sentiment*』(독일어에서 프
      랑스어로 피에르 데쥐스Pierre Deshusses가 옮김, Belfond, 2011) 에서
      재인용. [Ernst Jandl(1925~2000): 오스트리아의 시인: 옮긴이]

차례

일러두기

1. 이 책은 Kim Thúy의 *mãn* (Montréal: Les Éditions Libre Expression, 2013)을 우리말로 옮긴 것이다.

2. 별도의 표기가 없는 본문의 주는 옮긴이의 것이다. 저자 주는 주석에 따로 표기했다.

mẹ • 어머니들

엄마와 나는 닮지 않았다. 엄마는 키가 작고 나는 키가 크다. 엄마는 피부색이 짙고 내 피부는 프랑스 인형 같다. 엄마는 종아리에 구멍이 있고 나는 가슴속에 구멍이 있다.

나의 첫 어머니, 나를 수태하고 낳아준 어머니는 머리에 구멍이 있었다. 멀쩡한 베트남 여자라면 손가락에 결혼반지를 끼기 전에 아이를 가졌을 리 없으니, 막 소녀티를 벗었거나 어쩌면 아직 어린 소녀였을 것이다.

나의 두번째 어머니, 채소밭의 오크라* 묘판 가운데 버려진 나를 주운 어머니는 믿음에 구멍이 나 있었다. 사람을 믿지 않았고, 특히 사람들이 하는 말을 더이상 믿지 않았다. 그래서 메콩강 유역의 권력자들을 피해 초가집에 칩거하면서 산스크리트어 기도문을 외웠다.

세번째 어머니, 첫걸음을 내딛는 나를 보아준 어머

---

* 아욱과에 속하는 채소로, 고추와 비슷하게 생겼다.

니는 엄마, 나의 엄마가 되었다. 그날 아침 어머니는 다시 두 팔을 벌리고 싶었다. 그래서 항상 닫혀 있던 덧창을 열었다. 멀리, 따스한 빛 속에 내가 있었다. 나는 딸이 되었다. 어머니는 넓은 도시, 익명의 타지에서 딸을 키우기로 하면서 나를 다시 태어나게 해주었다. 우리는 학교 운동장 끝에 있는 교원 사택에서 살았다. 어머니는 교사이면서 얼린 바나나도 팔았고, 아이들은 그런 어머니를 가진 나를 부러워하며 주위에 모여들었다.

dùa • 코코넛 열매

엄마는 매일 아침 아주 일찍, 수업 전에 나를 데리고 장을 보러 갔다. 제일 먼저 과육이 풍부하고 즙이 많지 않은 잘 익은 야자열매를 샀다. 야자열매 상인은 평평한 막대기에 탄산음료 병뚜껑을 고정시킨 강판으로 코코넛 절반을 갈았다. 얇게 저민 코코넛 과육이 가판대에 깔아놓은 바나나 잎 위로 프리즈*를 이루며 리본처럼 떨어져 내렸다. 그러는 동안 상인은 쉬지 않고 이야기했고, 엄마에게 늘 같은 질문을 했다. "애한테 뭘 먹이길래 입술이 저렇게 붉어요?" 그 말을 듣지 않기 위해서 나는 입술을 안으로 마는 습관이 생겼다. 하지만 상인이 나머지 반쪽의 코코넛을 갈기 시작하면, 기가 막히게 빠른 손놀림에 넋이 나간 나는 결국 입을 반쯤 벌린 채 넋 놓고 그 모습을 바라보았다. 그녀는 작은 나무 의자에 검은색 금속 채소 칼의 손잡이 끝을 걸쳐놓고 그 위를 한 발로 눌러 고정한 뒤, 끝이 둥그런 채소

---

*   벽이나 방의 윗부분에 그림이나 조각으로 띠 모양의 장식을 한 것.

칼의 톱니에 눈길 한 번 주지 않으면서 기계처럼 빠른 속도로 코코넛을 갈았다.

채소 칼의 가운데 구멍으로 떨어져 내리는 코코넛 조각들을 바라보며 엄마는 산타클로스 할아버지의 나라에 내리는 눈송이가 저런 모습일 거라고 말했다. 사실은 엄마도 엄마의 어머니에게서 들은 말이었다. 엄마는 어머니 목소리를 다시 듣기 위해 어머니가 하던 말을 그대로 한 것이다. 남자아이들이 빈 깡통으로 축구를 하고 있을 때도 엄마는 어김없이 엄마의 어머니가 그랬던 것처럼 나에게 속삭였다. '론디londi.'

thứ 2 • 월요일

thứ 3 • 화요일

thứ 4 • 수요일

thứ 5 • 목요일

thứ 6 • 금요일

thứ 7 • 토요일

chủ nhật • 일요일

'론디'는 내가 제일 처음 배운 프랑스어 단어였다. 베트남어로 '론lon'은 '깡통'이고, '디đi'는 '가다'의 뜻이다. 베트남 여인의 귀에는 그 두 단어가 합쳐진 말이 프랑스어로 월요일을 뜻하는 '룅디lundi'로 들렸다. 엄마는 자신의 어머니가 그랬던 것처럼 '룅디'라는 프랑스어를 가르치기 위해 나에게 깡통을 가리켜보라고 했고, 그런 다음 깡통을 발로 차면서 '론–디lon-di'라고 말하게 했다. 엄마에게는 일주일의 둘째 날인 월요일이 가장 아름다운 요일이었다. 엄마의 어머니가 다른 요일을 발음하는 법은 가르쳐주지 못한 채 세상을 떠났기 때문이다. 엄마에게는 오로지 월요일만이 잊지 못할 장면과 이어져 있었다. 나머지 요일들은 가리키는 날이 따로 없었고,

모두 비슷한 날이었다. 그래서 엄마는 프랑스어로 '화요일'과 '목요일'을 자주 바꾸어 말하고, '토요일'과 '수요일'을 혼동하기도 했다.

ớt hiểm • 독한 고추

　다행히 엄마의 어머니는 세상을 떠나기 전에 코코
넛 밀크 만드는 법을 딸에게 가르쳐주었다. 코코넛을
갈아서 과육 조각을 따뜻한 물에 적셨다가 양 손바닥에
넣고 짤 것. 어머니들은 딸들에게 속삭이듯 작은 목소
리로 요리법을 가르쳤다. 혹시라도 이웃 여자들이 요리
법을 훔쳐가서 똑같은 요리로 자기 남편을 유혹할까 두
려웠기 때문이다. 요리법의 전통은 흡사 스승에서 제자
로 전수되는 마술처럼 일상의 리듬에 따라 한 번에 한
동작씩 은밀하게 전해졌다. 자연의 이치에 따라 여자아
이들은 밥을 지을 때 물의 양을 검지의 첫 관절로 맞추
는 법을, 칼끝으로 '독한 고추'를 잘라서 독기 없는 꽃
이 되게 하는 법을, 섬유질의 결에 따라 밑에서 위로 망
고 껍질을 벗기는 법을 배워나갔다.

chuối • 바나나

시장에서 파는 수십 종류의 바나나 중에서 눌러도 으깨지지 않고 얼려도 검게 변하지 않는 것은 샴바나나 뿐이라는 사실을 나 역시 그런 식으로 어머니에게서 배 웠다. 처음 몬트리올에 와서 나는 남편이 지난 20년간 먹지 못한 바나나 간식을 만들어 주었다. 무엇보다 베 트남 남부에서 아침 식사나 디저트에 많이 사용되는 두 가지 재료인 땅콩과 코코넛의 전형적인 결합을 다시 맛 보게 해주고 싶었다. 늘 있기 때문에 거의 눈에 띄지 않 는 그 두 맛처럼, 나 역시 그 어떤 것도 흩뜨리지 않으면 서 남편의 시중을 들고 남편과 함께하고 싶었다.

chồng · 남편

승려였던 두번째 어머니가 딸의 미래를 위해 나를
세번째 어머니에게 보냈듯이, 세번째 어머니는 딸을 향
한 사랑 때문에 나를 그에게 보내기로 했다. 어머니는
죽음을 준비하고 있었고, 그래서 나에게 아버지가 되어
줄 남편을 구했다. 중매를 선 엄마의 친구가 그를 우리
집으로 데려왔다. 엄마는 다른 말은 없이 나에게 차를
내오라고 했다. 나는 그 남자의 얼굴을 보지 않았다. 그
앞에 찻잔을 내려놓을 때도 눈길을 돌리지 않았다. 나
의 눈길은 필요하지 않았다. 오직 그의 눈길만이 중요
했다.

thuyền nhân · 보트피플

그는 멀리서 왔고, 시간이 없었다. 그에게 딸을 보
여주려고 기다리는 집들이 더 있었다. 그는 사이공 출
신으로, 스무 살 때 보트피플로 베트남을 떠났다. 태국
의 난민 수용소에서 몇 년을 보낸 뒤 몬트리올로 갔고,

그곳에서 일을 구했다. 하지만 완전한 고향은 구하지 못했다. 그는 캐나다 사람이 되기에는 베트남에서 산 시간이 너무 길었다. 반대로 다시 베트남 사람이 되기에는 이미 캐나다에서 너무 오래 살았다.

văn hóa · 문화

　자리에서 일어선 뒤 문을 향해 가는 동안 그는 마치 두 세계 사이에서 길을 잃은 사람처럼 엉거주춤했다. 그는 자기가 앞장서야 하는지 여인들 뒤로 물러서야 하는지 알지 못했다. 엄마에 대한 호칭 역시 중매를 선 엄마의 친구처럼 불러야 하는지 자기에게 맞는 다른 말이 따로 있는지 알지 못했다. 엄마를 부를 때 그가 '찌,' '꼬,' '박'*을 섞어 쓰는 바람에 우리는 많이 놀랐다. 하지만 아무도 그를 탓하지 않았다. 어차피 그는 인칭대명사가 인간적 관계를 반영할 필요가 없는 곳에서 왔기 때문이다. 그런 인칭대명사가 없는 베트남어로 대화를 나누기 위해서는 상대방과의 관계부터 설정해야 한다. 두 사람 중에 나이가 적은 쪽은 상대를 존중하며 따라야 하고, 반대로 나이가 많은 사람은 상대에게

---

*　베트남어로 '찌Chị'는 여자가 자기보다 나이 많은 여자를 부르는 호칭이고, '꼬Cô'는 친척 중에 부모와 같은 항렬에서 상대적으로 젊은 여성을, '박Bác'은 큰어머니, 혹은 친척 관계가 아닌 결혼한 여성에 대한 존칭으로 쓰인다.

조언을 하고 보호해주어야 한다. 모르는 사람이 들어도 두 사람의 관계를, 예를 들어 젊은 쪽이 상대방 어머니의 오빠들 중 하나의 조카라는 것을 알 수 있다. 가족이 아닌 사람들 사이의 대화도 마찬가지다. 둘 중 나이가 더 많은 쪽이 상대방 부모보다 나이가 적다는 것도 알 수 있다. 나의 신랑감으로 온 남자의 경우 엄마를 '박'이라고 부른다면 나에게 관심이 있다는 의중을 어느 정도 드러낼 수 있었다. '큰어머니'를 뜻하는 '박'은 엄마를 자기 부모님과 같은 위상에 올리는 말이고, 따라서 장모의 위치를 암시할 수 있기 때문이다. 하지만 확실히 알지 못한 탓에 그의 말은 뒤죽박죽이 되어버렸다.

quạt máy • 선풍기

이튿날 놀랍게도 그가 다시 찾아왔다. 선풍기 한
대, 메이플시럽 비스킷 한 통, 샴푸 한 병을 선물로 가져
왔다. 이번에는 그와 그의 부모 맞은편에 내가, 엄마와
중매쟁이 사이에 앉았다. 그의 부모는 테이블에 아들의
사진들을 꺼내놓았다. 사진 속에서 그는 차 운전석에
앉아 있고, 튤립들 앞에 서 있고, 자기 식당에서 엄지손
가락 끝이 뜨거운 국물에 닿을락 말락 하게 국그릇 두
개를 잡고 있었다. 그의 사진이 많았지만, 모두 혼자 찍
은 사진이었다.

hoa phượng • 화염목

엄마는 그의 세번째 방문을 허락했다. 이튿날 다
시 찾아온 그는 잠시 나와 단둘이 있고 싶다고 했다. 프
랑스처럼 의자들이 거리를 향해 놓인 카페는 베트남에
서는 남자들만을 위한 장소였다. 화장을 하지 않고 속
눈썹을 붙이지 않는 아가씨들은 적어도 공공장소에서

는 커피를 마시지 않았다. 이웃집 정원에서 그라비올라나 사포딜라* 혹은 파파야 스무디를 마실 수도 있었겠지만, 등받이 없는 작은 플라스틱 의자들이 놓인 그곳은 어린 여학생들이 보일락 말락 하게 미소 짓는 자리, 사랑에 빠진 젊은 남녀의 두 손이 조심스레 맞닿는 자리였다. 우리는 그저 부부가 될 사이였다. 동네에서 우리가 갈 수 있는 곳은 우리 집을 포함한 교원 사택들의 앞쪽, 그러니까 학교 운동장의 화염목 아래 분홍색 화강암 벤치뿐이었다. 만발한 꽃을 무겁게 떠받친 화염목의 여린 가지가 흡사 발레리나가 쭉 뻗은 긴 팔 같았다. 그는 벤치에 수북이 쌓인 선홍색 꽃잎들을 조금 밀어낸 뒤 그 자리에 앉았다. 나는 그대로 서서 그를 바라보았다. 정작 그는 꽃에 둘러싸인 자기 모습을 볼 수 없다는 사실이 아쉬웠다. 그리고 바로 그 순간 깨달았다. 나는 앞으로 늘 이렇게 서 있게 되리라는 것을. 늘 혼자이고 외톨이인 그는 나를 위해 자기 옆에 자리를 만들어

---

* 그라비올라와 사포딜라 모두 남아메리카 원산의 식물로, 열매가 식용으로 쓰인다.

줄 생각을 하지 않으리라는 것을.

con sóc • 다람쥐

나는 엄마가 준비해준, 소금에 절인 라임을 넣은 레모네이드 잔을 내밀었다. 소금물에 담기고 햇볕에 데워지면서 점차 원래의 모습을 잃은 갈색의 라임이 그의 모습과 비슷해 보였다. 그의 눈길은 늙지 않았지만 노쇠했고, 거의 흐릿하게 바래 있었다.

"다람쥐 본 적 있어요?"

"책에서 봤어요."

"난 내일 떠나요."

"……"

"서류 보낼게요."

"……"

"아이를 낳읍시다."

"네."

그는 연락처가 적힌 반 접은 종이를 건넸다. 그러고 나서 천천히 걸음을 옮겨 떠나갔다. 엄마에게도 시를 적어 반 접은 종이를 건네고 떠나간 병사가 있었다.

Anh tặng em

Cuộc đời anh không sống

Giấc mơ anh chỉ mơ

Một tâm hồn để trống

Những đêm trắng mong chờ

Anh tặng em

Bài thơ anh không viết

Nỗi đau anh đi tìm

Màu mây anh chưa biết

Tha thiết của lặng im

당신에게 바칩니다

내가 살지 못한 삶을

내가 그저 꿈꿀 수밖에 없는 꿈을

잠 못 이루며 기다리던 밤마다

비워둔 나의 영혼을

당신에게 선물로 바칩니다

내가 아직 쓰지 못한 시를

내가 자꾸만 다가가게 되는 고통을

내가 한 번도 본 적 없는 구름의 빛깔을

고요의 욕망을.*

áo dài • 아오자이

그의 이름은 프엉이었다. 엄마는 그가 샌들을 던져 페탕크* 놀이를 할 때부터 그를 알고 있었다. 하굣길의 엄마가 옆을 지나갈 때마다 그가 던진 샌들이 빗나갔기 때문이다. 함께 페탕크 놀이를 하던 친구들은 엄마가 불운을 가져온다고 했다. 하지만 프엉은 매일 똑같은 시각에 행운을 기다렸다. 처음에는 자신이 기다리는 것의 정체를 알지 못했다. 엄마가 새로 다니게 된 학교의 교복을 처음 입은 날, 어깨와 왼쪽 가슴 사이에 푸른색 실로 수놓은 이름표가 달린 하얀색 아오자이 차림으로 다가오는 엄마를 보면서 프엉은 자신의 기다림에 정확한 이름을 붙일 수 있었다. 멀리, 아오자이 자락이 바람결에 들려 올라가는 모습이 그의 눈에는 마치 미지의 세계로 날아오르는 한 마리 나비 같았다. 그날 이후 프엉은 엄마의 하굣길을 한 번도 놓치지 않고 엄마의 집까지 따라갔다.

---

*   작은 쇠공을 교대로 던지면서 표적을 맞히는 프랑스의 놀이다.

guốc • 나막신

프엉이 엄마에게 처음 말을 건넨 것은 그러고도 한참 뒤, 엄마의 어린 이복 형제자매의 예상대로 엄마의 나막신 굽이 부러졌을 때이다. 프엉이 순식간에 달려와 자기 샌들을 엄마에게 내주었다. 굽이 부러진 신발은 가지고 갔다. 엄마의 나막신을 수선하기 위해서 관을 짜는 사촌의 가게로 간 프엉은 나막신에 나 있는 톱질 자국들을 보고 놀랐다. 이튿날 아침 프엉은 엄마의 집 앞으로 왔고, 판사 저택의 육중한 철제 대문에 부드러운 기운을 드리우는 부겐빌레아 꽃나무 앞에서 기다렸다. 그는 엄마가 골목길 포석에 첫발을 딛자마자 달려가 몸을 숙여 엄마가 걸어가는 방향으로 신발을 내려놓았다. 그러고는 혹시라도 엄마의 평판에 흠집이 나지 않도록 곧바로 몇 미터 밖으로 물러섰다. 엄마는 수선한 나막신을 신었고, 전날 발을 더럽히지 않고, 걸음을 멈추지 않고, 울지 않고 집에 갈 수 있게 해준 프엉의 샌들은 자기 발자국 위에 놓고 갔다.

mura • 비〔雨〕

프엉의 그림자가 엄마의 그림자를 따라다닌 뒤로
엄마는 더 이상 체처럼 바늘구멍이 뚫린 우산 아래서
울지 않았다. 첫 빗방울이 떨어지기 전에, 심지어 엄마
가 첫 먹구름을 보기도 전에 프엉의 우산이 다가와 엄
마를 지켜주었다. 엄마는 두 개의 우산을 겹쳐 썼고, 프
엉은 엄마 뒤에서 비를 맞으며 걸었다. 윤기 흐르는 흑
단 같은 엄마의 검은 머릿결이 비에 젖어 광채가 흐려
지지 않도록 그는 절대 함께 우산을 쓰지 않았다.

용안 나무,* 파파야 나무, 잭프루트 나무†가 빽빽
하게 들어선 정원 담 밖에서는 아무도 엄마가 내는 침
묵의 소리를 듣지 못했다. 엄마의 의붓동생들이 장난삼
아 엄마의 빗을 가져간 뒤 하나 걸러 하나씩 살을 부러
뜨려놓고, 엄마가 자는 동안에 머리카락을 잘라버린다

---

*   중국과 동남아시아에서 재배되는 무환자나뭇과의 상록 교목으로, 용
     의 눈을 닮았다고 해서 '용안'(룽간, 롱안)으로 불리는 열매는 약용
     과 식용으로 쓰인다.
†   뽕나뭇과의 열대 과일로 두리안과 비슷하게 생겼다.

는 사실을 아는 것은 하인들뿐이었다. 엄마는 동생들의 행동이 악의 없는 순수한 것이라고, 심지어 순수 그 자체에서 비롯된 것이라고 믿으려 애썼고 그렇게 믿었다. 엄마는 동생들의 순수를 지키기 위해, 그리고 아버지의 순수를 지키기 위해 침묵을 택했다. 이미 나라와 문화와 민족이 찢기는 것을 지켜본 아버지에게 자식들이 서로를 찢는 모습을 보여줄 수 없었기 때문이다.

Mẹ Ghẻ • 차가운 어머니

엄마의 아버지는 아내가 갑자기 세상을 떠난 뒤 새로 맞이한 두번째 아내에게서는 아이를 갖지 않으려고 했다. 새 아내가 아이를 가지면 보나 마나 전처의 아이들에게 '메게Mẹ Ghẻ,' 즉 계모라는 말 뜻 그대로 '차가운 어머니'가 되리라 생각한 것이다. 하지만 엄마의 아버지에게는 자신의 아버지와 또 그 아버지까지, 제단 높은 곳에서 지켜보며 인도해주는 조상들의 이름을 이어갈 아들이 없었다. 엄마의 '차가운 어머니'는 아들들을 낳음으로써 아내의 역할을 수행했고, 백설공주와 신데렐라 이야기 속에 등장하는 고아 공주들의 계모 역할을 수행했다.

'게ghẻ'라는 단어에는 '옴'이라는 뜻도 있다. 결국 엄마의 계모는 '옴 걸린 어머니'라는 흉한 명칭에 맞는 어머니가 되기 위해 자기가 낳은 자식들에게 엄마를 그리고 그 언니들을 어떻게 미워해야 하는지, 첫 부인의 자식들과 두번째 부인의 자식들 사이에 어떻게 선이 그어져야 하는지, 코가 모두 똑같이 생겼다 해도 자신의 자식들이 첫 부인의 딸들과 어떻게 달라야 하는지를 보여주었다. 만일 엄마의 계모가 '메게' 대신 '벨마망'*으로 불렸더라면 그렇게까지 가혹하지 않을 수 있었을까? 그랬더라면 엄마의 아름다운 언니들을 덜 두려워했을까? 그리고 그렇게까지 서둘러 결혼시키지 않을 수 있었을까?

* 프랑스어로 계모를 가리키는 'belle-maman'은 단어 자체의 뜻으로는 '아름다운 어머니'를 말한다.

sạn • 고운 자갈

언니들과 달리 아직 어렸던 엄마는 다가올 차례를 기다리면서 쌀알에 섞여 있는 묵주 구슬 같은 돌 조각과 자갈을 골라내야 했다. 엄마의 계모는 부엌 하인들에게 절대 도와주지 말라고 명령했다. 엄마에게 복종과 규율을 가르치기 위해서였다. 엄마가 배운 것은 무엇보다도 고분고분하고 존재감 없이 눈에 띄지 않는 법이었다. 엄마는 어머니가 세상을 떠났을 때 사람들이 했던 말, 이 땅에서의 빚을 다 갚고 떠나간다는 말을 기억했다. 그래서 쌀에 섞인 돌들이 자신이 갚아야 하는 빚이고 날아가지 못하도록 누르고 있는 짐이라 믿으며, 언젠가 가벼워질 수 있다는 희망으로 그것들을 골라냈다. 한 끼 또 한 끼를 먹을 때마다, 하루 또 하루가 가는 동안 엄마의 작은 단지 안에 쌀에서 골라낸 불결한 것들이 쌓여가는 게 기뻤다. 엄마는 그 단지를 망고 나무 아래, 기 드 모파상의 『여자의 일생』을 넣은 철제 비스킷 통 곁에 함께 묻어두었다. 어머니의 서가에서 간신히 지켜낸 책이었다. 엄마의 계모는 해먹 주변으로 바람이 통하게 하려고 서가의 책을 치워버리기로 했다. 어쩌면 옳은

33

결정이었다. 천장에 매달아놓은 기다란 천이 부채 역할
을 하면서 잠든 아버지 몸 위의 공기를 이동시켰다.

quạt • 부채

아버지의 낮잠을 방해하지 않으면서 방의 열기를 식히는 일, 줄을 잡아당겨 헝겊 부채가 규칙적인 리듬으로 좌우로 움직이게 하는 일은 엄마의 몫이었다. 엄마는 아버지와 함께 보내는 그 특별한 순간이 좋았다. 부드럽게 오가는 반복적인 움직임이 아버지를 편안하게 하리라고, 집안이 화목하다고 믿게 해주리라고 믿었다.

엄마의 아버지는 너무 바빠 눈 붙일 시간이 없을 때면 딸에게 가족을 구하기 위해 희생한 처녀의 이야기 『쭈옌 끼에우』*를 낭송시켰다. 3,000행이 넘는 이 시가 존재하는 한 베트남이 전쟁으로 망하는 일은 없을 거라고 말하는 사람들도 있다. 아마도 그 이유 때문인지 100년 전부터 베트남에서는 심지어 글을 읽지 못하는

---

* 『쭈옌 끼에우*Truyện Kiều*』 혹은 『금운교전金雲翹傳』은 베트남의 국민문학으로 꼽히는 응우옌 주(Nguyễn Du, 1766~1820)의 대서사시다. 중국 청나라의 통속소설 『금운교』를 응우옌 주가 쯔놈 문자(베트남어를 기록하기 위해 14세기부터 19세기까지 사용되던 한자에 바탕을 둔 문자 체계)로 축약하여 개작한 운문시.

사람들까지 모두 이 시를 암송할 줄 안다.

　엄마의 아버지는 베트남의 영혼을 이루는 핵심적
인 두 가지 색이라 할 수 있는 순결과 희생이 그려진
『쭈옌 끼에우』를 자식들 모두에게 외우게 했다. 엄마의
어머니는 모든 것이 한순간에 변할 수 있고 흔들릴 수
있음을 환기하는 첫 대목을 가장 좋아했다.

　　　누구나 살다 가는 한평생 백 년에
　　　운명과 재능이 가차 없이 반목하도다
　　　뽕나무 늘어섰던 밭에 푸른 바닷물이 포효하니
　　　이 세상 광경이 그대 가슴을 아프게 하는구나
　　　놀랄 일이 무엇인가
　　　세상 모든 일에는 상응하는 대가가 있으니
　　　푸른 하늘이 유난히 악착스레
　　　두 뺨 발그레한 아름다운 여인들을 쫓는 것을*

---

*　[저자 주] 응우옌 주, 1~8연. 응우옌 칵 비엔Nguyễn Khắc Viện의 번
　역. [응우옌 비엔(1913~1997)은 베트남의 역사가, 철학자로『쭈옌
　끼에우』의 가치를 알리려 노력했고 프랑스어로 번역했다: 옮긴이]

nhân dạng • 신분

동쪽과 서쪽 사이, 독립을 주장하는 저항 세력과 눈이 옆으로 찢어진 학생들에게 "우리 조상 골루아"*라고 가르치며 그것이 얼마나 어불성설인지 깨닫지 못하는 정부 사이, 그 양쪽 연안 사이의 매복지에서 첫 총성이 울릴 때, 엄마의 삶은 순식간에 뒤집혔다. 엄마는 메콩강을 건너는 도선에 타고 있었다. 날아온 총탄에 승객들이 쓰러지기 시작했다. 모두 반사적으로 몸을 낮췄다. 두번째 사격을 준비하는 첫번째 정적 동안에 엄마는 반사적으로 다시 고개를 들었다. 옆에서 이가 빠지고 피부가 가죽처럼 질겨 보이고 눈빛이 강렬한 노인이 여전히 고개를 숙인 채 엄마에게 신분증을 전부 물로 던지라고 말했다. "살아남고 싶거든 절대 네 신분을 알리지 마."

---

*   철기 시대와 고대 로마 시대에 프랑스 땅에 살던 켈트족.

hai làng đạn · 두 개의 사선射線

그 뒤는 아비규환이었다. 아이들이 쓰러진 부모를 흔들며 제발 눈 떠보라고 울부짖는 소리, 암탉들이 버들가지 바구니 안에서 버둥거리는 소리, 떨어진 물건들이 왼쪽에서 오른쪽으로 또 오른쪽에서 왼쪽으로 밀려가는 소리가 한데 섞이면서, 미지의 대상을 마주한 공포, 그리고 그보다 더 심한, 이미 정체를 아는 대상을 마주한 공포가 쏟아내는 불쾌한 불협화음을 창조했다. 그날 이후 갈등은 일상의 틈새로 끼어들었다. 줄넘기를 하는 소녀들과 같은 공기를 호흡했고, 메뚜기 싸움 놀이를 하는 소년들과 같은 공간을 차지했다. 주민들은 낮에는 관리들에게 돈을 바치고 밤에는 저항군에게 먹을 것을 주었다. 사람들은 총구를 맞댄 두 사선 사이를, 보이지도 않는 경계선이 시시각각 변하기까지 하는 양쪽 영토 어디에도 발을 딛지 않으려고 애쓰면서, 소리 없이 걸어 다녔다. 서로 적이 된 두 아들을 사랑하는 부모처럼 둘 다 품에 안은 채 조용히 중립지대에 머물렀다.

무장 군인들이 일어나 따라오라고 명령했을 때, 신분증이 없던 엄마는 중립지대에 남을 수 있었다. 하지

38

만 세 걸음도 채 걷지 못했다. 엄마는 자신의 하얀 아오
자이가 붉은 피로 얼룩진 것을 본 순간에 그대로 정신을
잃었다. 자기가 총에 맞은 줄 알았지만, 엄마의 아오자
이를 물들인 것은 다른 사람들의 피였다. 그중에는 엄마
옆에 있던, 군인들이 와서 총구를 겨누고 개머리판을 휘
두르는 동안에도 무표정하던 노인의 피도 있었다.

kiên nhẫn • 인내

엄마가 눈을 뜬 것은 어느 초가집 한구석이었다. 익숙한 소리들이 들려왔다. 아주 가까이서 목탄이 탁탁거리며 타고, 니파야자 잎이 바람에 살랑대고, 소곤거리는 말소리 사이로 개 짖는 소리, 규칙적으로 도마를 내리치는 칼 소리가 들렸다. 그리고 다진 레몬그라스의 향내가 어머니 손길처럼 부드럽게 콧구멍을 간지럽혔다. 그렇게 두려움은 가라앉았다. 하지만 눈앞에 너무도 낯선 미지의 세상이 펼쳐져 있었다. 그 마을에는 '남자'도 '여자'도 없고, '이모'도 '백부'도 없었다. 모두가 똑같이 동지였다. 엄마는 '년Nhẫn' 동지가 되었다. 여행 가방도 가족도 없는 이름, 처음 눈을 뜨기 전에 엄마가 스스로 정한 이름이었다. 거의 저절로 그 단어가 떠올랐다. 이복동생들의 더러운 옷이 가득 쌓인 대야들 앞에서 이미 수백 번 되새긴 말이었다. 어린 동생들이 하얀 면에 일부러 묻혀놓은, 오일 함량 72퍼센트짜리 마르세유 비누*로도

---

*   17세기부터 프랑스 마르세유에서 생산되는 비누.

잘 지워지지 않는 얼룩과 때를 바라보면서 엄마는 '끼옌 년kiên nhẫn' — '인내' — 을 수없이 되뇌었다. 그것은 엄마가 외우는 주문이었고, 어쩌면 수행이었다. 그렇게 물에 적셔 비누칠한 옷감을 문지르다 보면 마침내 엄마의 귀에는 마술 같은 감미로운 선율이 들려왔다.

엄마는 그 마을에서 5년 동안 '년'으로 살았다. 그 이름처럼 다른 이름들에도 모두 뜻이 있었다. 어떤 사람은 '의지Chí'를 선택했고, 어떤 사람은 '조국Quốc'을, 또 어떤 사람은 용감하게도 '용기Dũng' 혹은 '평화Bình'를 선택했다. '난초Lan'나 '복福, Lộc', '눈[雪],Tuyết'을 선택하는 사람은 없었다.

울타리도 철조망도 없는 마을이었으니 마음만 먹으면 엄마는 그곳을 벗어나 집으로 돌아갈 수 있었다. 괴롭히는 사람도 없었다. 묶어두지도 않았다. 심문 같은 것도 없었다. 마을에서 요구한 것은 단 하나, 애국과 용기와 독립과 식민주의와 희생에 관해 글을 써서 제출하는 것이었다. 부모의 이름이 뭔지, 형제자매가 몇 명인지, 무엇보다 진짜 이름이 뭔지는 아무도 묻지 않았다. 어차피 저항군 병사들은 대의를 위해 가족을 떠나면서 개인으로서의 삶은 묻어버린 사람들이었다. 마을에

머무는 동지들 대부분은 엄마와 달리 자발적으로 합류한 이들이었다. 엄마는 그들이 말하는 조국, 자신의 조국이기도 한 그 나라에 대해 그들처럼 무조건적인 사랑을 느낀 적이 없다는 사실이 부끄러웠다. 보이지 않는 경계선을 넘어 집으로 돌아가지 못하는 이유 역시 부끄러웠다. 엄마는 다른 데서, 그러니까 적들의 편에서 살던 자기가 집으로 돌아가면 가족이 배신자라는 의혹과 비난을 받게 될까 봐 두려웠다. 집으로 돌아가지 않은 것은 엄마 자신을 위한 일이기도 했다. 엄마는 살지 않기 위해서 그곳에 남았다. 그 마을에서 해야 할 일은 그저 시키는 대로 따라가는 것뿐이었다.

mìn · 지뢰

　　엄마는 다른 여자들과 마찬가지로 주방 일과 간호 일부터 시작했다. 점차 발에 굳은살이 박이고 흉터가 딱딱해졌을 때쯤 열대의 숲속에서 지뢰를 만드는 사람들에게 프랑스어 화학 교재를 베트남어로 번역해주기 위해 몇 주 동안 걸었다. 한번은 갈색 아오바바*를 입은 여자 동지를 따라가라는 지시를 받았다. 그 여자 동지는 엄마를 데리고 시장으로 갔다. 시장에서 빛바랜 라벤더색 아오바바를 입은 다른 여자가 엄마에게 다가와 한쪽 바구니에는 공심채가, 다른 쪽 바구니에는 참마†가 들어 있는 장대 지게를 건넸다. 대나무 장대를 어깨에 얹는 순간 굵은 뿌리채소의 무게 때문에 장대가 뒤로 기울었다. 엄마는 처음에는 균형을 잡지 못하고 비틀댔지만 곧 발걸음에 맞춰 앞뒤에 매달린 무게를 조절

---

*　　베트남 남부 지역의 전통 의류로, 소매가 넓고 단추가 달린 긴 셔츠이다. 여자들이 바지와 함께 입는 평상복이다.

†　　공심채는 대나무처럼 줄기 속이 비어 있는 잎채소이고, 참마는 긴 원기둥꼴의 뿌리가 식용으로 쓰이는 뿌리채소다.

할 수 있었다. 그렇게 인파에 섞여 다리 위 검문소를 지났다. 다리를 벗어나 네번째 길에 이르렀을 때 라벤더색 아오바바를 입은 여자가 시야에서 사라졌다. 조금 더 가니 다시 다른 여자가 다가와 엄마를 붙잡았다.

"이봐요, 아가씨! 오늘 참마가 좋은가? 진해 보이긴 하네. 내 아들이 이를 뽑았답니다. 그래서 쌀 말고 참마로 죽을 끓여줄까 해요. 걔가 좀 까다롭거든요. 그래도 착한 아들이지만. 그런데 난 참마 가는 걸 잘 못 하겠네요. 손이 따가워서. 날 좀 도와줄래요? 우리 집에 가서 좀 갈아줘요. 가요. 나하고 같이 갑시다."

엄마는 그 여자를 따라갔다. 자기도 모르게 저항군을 위한 첩자 일을 시작한 것이다.

cha · 아버지

그 여자의 부엌에서 몇 주 동안 자고 난 뒤 엄마는 다시 다른 일을 위해 이동하라는 지시를 받았다. 그렇게 다른 집으로 옮겨가는 길에, 가시가 박히고 무거운 (다행히 밤에만 떨어지는) 두리안 열매가 주렁주렁 달린 농장을 지날 때였다. 바로 그곳에서 엄마의 아버지가 남자 두 명과 얘기를 하고 있었다. 엄마는 순간적으로 어릴 때처럼 아버지에게 달려가고 싶었다. 같이 걷던 여자가 뒤로 젖힌 엄마의 고깔모자 아래 드러난 충동 어린 눈빛을 보았다. 엄마의 몸이 눈길과 같은 방향으로 돌아서려는 순간, 그녀가 말했다. "둥 Đừng." 그 말은 "안 돼"가 아니고 "멈춰"도 "걸어"도 아닌, "그냥 참아"였다. 엄마는 눈길을 다시 돌렸다. 5년 만에 보는 아버지는 많이 늙어 보였다. 판사의 위엄은 여전했지만, 두 볼은 미소 짓게 해줄 근육이 사라져버린 듯 처져 있었다. 엄마는 혹시라도 아버지 눈에 띌까 봐 두려웠다. 자기 때문에 아버지가 무거운 짐을, 해결해야 할 문제를 하나 더 떠안게 될까 봐, 당국에 불려 가서 수백 가지 질문에 대답하게 될까 봐 두려웠다.

엄마가 아버지를 본 것은 그날 두리안 나무 아래서가 마지막이었다. 베트남 사람들은 그 나무를 '서우리엥sầu riêng'이라고 부른다. 그때까지 엄마는 '개인적인 슬픔'*이라는 두 단어로 이루어진 두리안의 이름에 대해 생각해본 적이 없었다. 사람들이 두리안의 뜻을 자주 쉽게 잊는 것은 아마도 두리안에 담긴 슬픔이 가시 돋은 두꺼운 껍질 아래 따로따로 밀폐된 방들에 봉인된 과육을 닮았기 때문일 것이다.

---

* 베트남어로 'sầu'는 '비탄, 슬픔'을 뜻하고, 'riêng'은 '개인적인, 사적인'이라는 뜻이다.

trắng • 하얀색

나는 나의 생물학적 아버지를 알지 못한다. 남 얘기 좋아하는 사람들은 내 아버지가 백인이었을 거라고, 키 큰 식민지 관리였을 거라고 한다. 내 코가 가늘고 내 피부가 파리하게 하얗기 때문이다. 엄마는 종종 오래전부터 내 피부가 '반꾸온ᵇᵃⁿʰ ᶜᵘᵒ́ⁿ'*처럼 하얗기를 바랐다고 말했다. 반꾸온 가게에 나를 데려가서 같이 구경하기도 했다. 반꾸온을 파는 여자는 물이 끓고 있는 솥에 면포를 씌워놓고 그 위에 쌀가루 반죽을 펼쳤다. 국자를 돌려가면서 면포 전체에 반죽이 골고루 퍼지게 해야 했다. 몇 초 만에 걸쭉한 반죽이 투명하고 고운 종이처럼 되면 끝을 다듬은 길고 납작한 대나무 주걱으로 들어냈다. 엄마는 내가 낮잠 자는 동안 자신이 바로 저 쌀가루 부침을 내 얼굴에 씌워주었기 때문에 눈처럼 하얗고 도자기처럼 반들거리는 피부를 갖게 되었다고, 그런 방법

---

*   쌀가루 반죽을 얇게 부쳐서 그 안에 고기와 채소 등을 넣고 말아서 찐 것이다.

을 아는 엄마는 세상에 자기밖에 없을 거라고 했다. 늪에서 아무리 냄새가 난다 해도 그곳에서 피어나는 연꽃이 향기를 보존하듯이, 옆에서 아무리 지저분한 말을 해도 나의 순수가 더럽혀져서는 안 된다고도 했다.

엄마는 콧대를 세우는 비법도 알고 있었다. 아시아 여자들이 코뼈를 높이려고 실리콘 보형물을 삽입하기도 하지만, 아침마다 코를 부드럽게 아홉 번 당겨주면 서양 여자들처럼 만들 수 있다고 주장했다. 내 이름이 '완벽하게 충족된' 혹은 '더 이상 바랄 게 없는' 혹은 '모든 소원이 이루어진'을 뜻하는 '만Mãn'이 된 것은 그 때문이다. '만'이라는 이름 자체가 충족과 포만의 상태이기에, 나는 그 어떤 것도 더 바랄 수 없다. 모파상의 잔*이 수녀원 기숙학교를 떠나며 삶의 모든 행복을 꿈꾼 것과 달리, 나는 자라면서 단 한 번도 꿈을 갖지 않았다.

*　『여자의 일생』의 주인공 '잔 드 라마르'를 말한다.

bếp • 주방

엄마는 험한 파도 아래서도 평온하게 사는 비법을
알았다. 세상에서 떨어져 나와 따로 놓인 듯한 그런 공
간을 나는 몬트리올에 와서 남편의 식당 주방에서 다
시 만났다. 쉼 없이 돌아가는 배기 환풍기 소리가 바깥
세상의 삶이 주방 안으로 들어오지 못하게 막아주었다.
시간을 표시하는 것은 몇 시 혹은 몇 분이냐가 아니라
금속 막대에 끼워진 주문표가 몇 개냐였다. 여름이면
주방의 지독한 열기 때문에 시간의 흐름을 알 수 없었
고, 바람 한 점도 들어오지 않았다. 겨울에 안마당으로
향하는 방화문을 닫고 나면 주방은 흡사 금고 안 같았
다. 그 방화문에 다시 생명을 부여하는 것은 환풍기 필
터를 청소하러 오는 인부뿐이었다. 그는 한 달에 한 번
왔고, 늘 조난당한 사람처럼 황급히 세게 문을 두드렸
다. 사실 그는 긴 고객 명단 때문에, 기름 묻지 않은 고
운 손을 가진 아내 때문에 서둘러야 했다. 나는 그에게
서 그날의 날씨로 인사하는 법을 배웠다.

"날씨가 좋네요."

"오늘은 덥네요."

49

"우박이 쏟아져요."

"눈이 오네요."

"바람이 불어요."

"비가 쏟아지네요."

câu hỏi • 질문

　남쪽 베트남에서는 날씨 이야기를 하지 않는다. 아무도 날씨가 이렇다 저렇다 말하지 않는다. 아마도 계절 구분이 없고 이 주방 안처럼 날씨 변화가 없기 때문일 것이다. 아니면, 원래 무엇이든 있는 그대로, 주어지는 대로, 왜 그런지 어떻게 그런지 묻지 않고 그냥 받아들이기 때문일 것이다.

　언젠가 준비된 음식을 손님들에게 내놓는 사각 창으로 변호사 손님들끼리 하는 말을 들었다. 그들은 이미 답이 있는 질문만 해야 한다고, 답이 없다면 차라리 아무 말도 하지 않는 게 낫다고 했다. 나의 질문들은 결코 답을 찾을 수 없는 것들이었다. 그래서 나는 단 한 번도 질문을 하지 않았다. 화덕과 침대를 이어주는 계단을 오르내렸을 뿐이다. 겨울 추위를 피하도록, 날씨 외에 외부 삶의 부침을 피하도록 남편이 나를 위해 만들어놓은 계단이었다.

ăn hàng • 길거리 식당

처음 와서 보니 남편의 식당에는 메뉴가 많지 않았다. 한 가지 음식을 파는, 한 가지 메뉴만 있는 베트남의 거리 식당과 비슷했다. 하노이의 옛 동네에는 거리마다 같은 것을 파는 가게들이 모여 있었다. 그래서 국수 거리, 묘석 거리, 금속 거리, 소금 거리, 부채 거리…… 등이 생겼다. 지금은 배 돛을 파는 거리에서 대나무 사다리도 팔고, 대마 파는 거리에서 비단옷도 판다. 장인들은 옛날 그대로 같은 곳에 모여 같은 것을 만든다. 엄마와 나는 하노이에 잠시 머물던 때 약초 넣고 끓인 닭고기 '가딴gà tần'을 파는 거리에 살았다. 양쪽으로 늘어선 가딴 식당들 중에서 우리가 좋아한 것은 커다란 반얀나무 주위로 3층 테라스를 만들어놓은 식당이었다.

đắng · 쓴맛

결혼하고 남편이 처음 앓아누웠을 때 나는 가딴을 만들기로 했다. 닭을 연꽃 씨앗, 은행, 말린 구기자와 함께 약한 불에서 오래 익혀야 하는 음식이다. 어떤 종교에서는 연꽃 속에 영원의 한 자락이 담겨 있다고 믿는다. 뇌처럼 생긴 잎 때문에 은행이 뇌신경을 튼튼하게 해준다고 믿기도 한다. 구기자의 의학적 효능은 황제들과 공주들이 살던 시절부터 이미 책에 등장한다. 가딴이 몸에 좋은 이유는 아마도 공들여 준비하는 과정에서 나올 것이다. 약한 불에 오래 끓여야 하는 것 외에도, 은행 껍질을 단호하면서도 조심스럽게 깨야만 부드러운 과육을 보존할 수 있다. 연꽃 씨앗 역시 쓴맛을 없애주기 위해 초록색 배아를 하나씩 떼어내야 한다.

원래 쓴맛은 제거하지 않을 때가 많다. 쓴맛은 망고나 고추나 초콜릿과 달리 우리 몸을 덥히지 않는 음식, 차다고 간주되는 음식에 주로 들어가 있다. 쉽게 즐길 수 있는 맛은 우리 몸을 해칠 수 있어서 절제해야 하지만, 쓴맛은 오히려 균형을 잡아준다. 그래서 굳이 연꽃 씨앗을 하나하나 잘라 배아를 떼어낼 필요는 없다.

숙면을 취하게 해준다고 차처럼 우려 마시는 사람들도 있다. 하지만 나는 극단적인 것, 그러니까 너무 강한 맛, 자극적인 감각은 피하고 싶었다.

cạo gió • 바람을 긁기

남편은 사흘 동안 열이 내리지 않아 고생했다. 밥도 내가 한 입씩 떠먹여주었다. 베트남에서는 누군가 죽었는데 그 이유를 알 수 없을 때는 바람 때문이라고 말한다. 불결한 바람을 맞으면 죽을 수 있다고 믿는 것이다. 나는 나쁜 바람을 쫓아내기 위해 남편에게 셔츠를 벗으라 하고 도자기 숟가락에 호랑이 기름 연고를 발라 등을 긁어주었다. 남자의 맨살을 그렇게 가까이서 본 것은 처음이었다. 척추를 따라 뼈 사이로 등의 골격을 그려가며 문지르는 동안에 살갗에 진한 붉은색 반점이 나타났다. 몸속의 열기가 빠져나온 자리였다. 어쩌면 느껴지지 않은 채로 몸 안에 담겨 있던 다른 통증들도 함께 배출되었을 것이다. 낯선 남자, 하지만 내 삶이 닻을 내린 유일한 남자를 위해 나는 수천 년을 이어온 동작을 계속했다. 원기를 되찾게 해주고 싶었고, 그의 살갗을 만져보고 싶었다. 하지만 나는 중국에서 생산되어 우리 아파트로 오기까지의 긴 여정이 냄새로 배어 있는 담요를 덮어주는 것밖에 하지 못했다.

cà phê · 커피

남편은 몸이 회복되자마자 손님들을 위해 통킹식
수프*를 만들었다. 손님들 중에는 베트남 아내를 기다
리고 있거나 베트남에 다녀올 비행기표를 사려고 돈을
모으는 독신 남성들이 많았다. 그들은 일주일에 서너
번씩 찾아왔다. 토요일 혹은 일요일 아침에는 식당 문
을 열기도 전에 와서 남편과 함께 드립커피를 마셨다.
잔 바닥에 깔린 연유 위로 천천히 떨어지는 커피 방울
은 그들이 감내해야 하는 긴 기다림의 시간을 환기했을
것이다. 나는 누구에게나 같은 아침 식사를 해주었다.
하지만 베트남의 길거리 식당들을 떠올려가며 아침마
다 다른 음식을 준비했다.

언젠가 일본에는 도시마다 특산품 과자가 있다는
얘기를 읽었다. 그래서 출장 다녀오는 남편은 자기가 방
문했던 도시의 디저트를 아내에게 선물로 사 온다고 했

---

* 통킹은 하노이의 옛 이름이고, 프랑스령 인도차이나 시절 하노이를
중심으로 한 베트남 북부 보호령을 지칭하는 말이었다. 통킹식 수프
는 북부 하노이 지역에서 즐겨 먹는 고기 국물이 들어간 국수이다.

다. 때로 그들은 도시를 떠나지 않고 잠시 아내 곁만 떠난다. 애인과 함께 있기 위해서다. 이따금 자신들의 삶을 벗어나 휴가를 갖고 싶은 것이다. 그런 남편들을 위해 여러 도시의 과자들을 모아놓고 파는 가게까지 있다.

일본처럼, 아마도 다른 어느 곳이나 마찬가지로 베트남의 도시와 마을마다 대표 음식이 있다. 예를 들어 사이공의 넓은 차이나타운 '쩌런'을 떠올리기만 하면, 토마토소스에 쩌서 돼지갈비 한 조각을 곁들인 돼지고기 미트볼을 만들고 싶어진다. 그 미트볼은 마치 중국-베트남 전통 요리에 원래부터 프랑스가 들어 있었던 것처럼 너무도 자연스럽게 바게트 빵과 함께 나온다. 한 주 한 주 지날수록 내가 준비한 접시 혹은 사발에 어떤 음식이 들어 있을지 궁금해하는 손님들의 기대가 커졌다.

손님 중 한 명은 라츠지아,* 즉 생선과 가는 국수를 함께 넣고 끓인 뒤 조린 돼지고기와 새우를 얹는 탕 요리를 탄생시킨 해안 도시 출신이었다. 내가 그의 그릇

---

*   Rạch Giá: 베트남 남단 카마우반도에 위치한 항구 도시.

에 작은 스푼으로 식초에 절인 마늘을 넣어줄 때 그의
뺨에 눈물이 흘러내렸다. 내가 만든 탕을 먹으면서 그
는 자신의 땅을, 자라나고 사랑받았던 고향 땅을 느꼈
다고 중얼거리듯 말했다.

일이 많아 바쁜 날에는 '옵라óp la'(달걀 프라이)에 간장
을 부어 밥 위에 얹기만 했다. 남편의 손님들은 그 밥과
함께 평온한 행복을 느끼며, 일하러 가지 않아도 되는
하루의 일과를 시작했다.

muối • 소금

몇 달이 지나자, 혼자 오던 손님들이 동료 혹은 이웃 혹은 여자 친구를 데려오기 시작했다. 식당 안에서, 이어 바깥에서, 길 위에서 기다리는 사람들이 늘어났고, 그럴수록 나는 밤까지 주방에서 일해야 했다. 이내 손님들은 통킹식 수프 대신 '오늘의 요리'를 찾았다. 그날의 요리가 무엇인지는 식당에 와서 창유리에 걸어놓은 흑판을 보기 전에는 알 수 없었다. 하루에 딱 한 가지 메뉴였다. 나는 한 번에 한 가지 추억만 되살렸다. 추억으로 흥분한 가슴이 접시 밖으로 넘쳐흐르지 않게 하려면 힘겨운 노력이 필요했기 때문이다. 어쩌다 소금 통을 떨어뜨려 소금이 바닥에 흩어지기라도 하면, 하루 배급이 소금 알갱이 서른 개로 정해져 있던 때 엄마가 했던 것처럼 나도 모르게 하얀 소금 알갱이를 세어보지 않으려고 애써 참아야 했다. 다행히 손님이 계속 늘어나는 바람에 천천히 추억을 되살리기는 점점 더 힘들어졌다.

hồn nhiên • 저절로 나오는

얼마 지나지 않아 설거지할 접시가 몇 개인지 셀 수도 없게 되었다. 남편이 베트남 청년 하나를 고용했다. 그는 요란한 미소와 함께 나타났다. 미처 입을 떼지도 않았는데 이미 유쾌함이 팝콘처럼 터져 나왔다. 그가 주머니에서 꺼낸 고무장갑을 끼면서 "자!" 하고 기합 소리를 내지르는 순간, 나도 모르게 크게 웃고 말았다. 그렇게 저절로 웃음이 터지는 것은 내게는 처음 있는 일이었다. 그때까지 나는 내 입에서 그런 소리가 저절로 나올 수 있다고, 무엇보다 그렇게 큰 소리가 나올 수 있다고 생각해본 적이 없었다. 베트남 청년은 곧 나의 동생이 되었고, 어떤 일이 있어도, 아무리 극복하기 힘든 가혹한 시련이 닥쳐도 절대 사라지지 않을 나의 햇살이 되었다. 그는 틈날 때마다 공부를 했다. 식기세척기에서 올라오는 수증기에 고개를 파묻고 물리 공식을 외웠고, 주방 타일 벽에 원소 주기율표도 붙여놓았다. 분석해야 할 소설들을 읽어가며 모르는 단어들은 페이지 여백에 뜻을 적어두었다. 그 모든 노력에도 불구하고 철학 시험과 프랑스어 시험에서는 계속 떨어졌다.

나와 만났을 때는 마지막 기회를 앞둔 상태였다. 내가
밤에 그의 과제를 읽고 논술을 고쳐줄 때가 많았다.

lỗi • 오류

나는 글을 배운 뒤로 저녁마다 엄마와 받아쓰기를
했다. 정전이 일어난 날도 다르지 않았다. 엄마는 물컵
만 한 기름 램프를 켜놓고 모파상의 책을 읽어나갔다.
램프의 불빛이 엄마와 나 사이를 오갔다. 한 문장씩 쓰
고 나면 논리와 문법과 구문 분석을 했다. 잠자리에 들
기 전에 엄마는 책을 다시 철제 비스킷 통에 넣어 아무
도 모르게 파묻었다. 절대 알려지면 안 될 비밀이었다.
외국 책들, 특히 소설들, 좀더 분명하게 말하자면 경박
한 이야기책들은 금지되었기 때문이다.

sét • 벼락

엄마에게서 받은 훈련 덕분에 나는 햇살 동생의 철학 선생님이 내준 열 가지 문제를 어렵지 않게 풀 수 있었다. 그 열 문제 중에서 하나만 출제될 테지만, 어떤 게 그 하나일지는 시험 날까지 알 수 없었다. 결국 나는 열개의 답안을 준비했고, 내가 베트남어로 설명을 해주어도 그다지 도움이 되지 않았기에 햇살 동생은 열 개의 답안을 통째로 외워버렸다. 그는 무사히 졸업하고 취직을 했다. 주말에는 계속 식당에 나와 일했다. 어느 날 저녁 그는 공장에 새로 들어온 아가씨가 낮에 자기 곁에 다가왔던 얘기를 했다. 머리부터 다리까지 전류가 흐른 것 같았다면서 그 순간을 재현해 보이기 위해서 내 쪽으로 고개도 돌리지 않은 채 들고 있던 커다란 냄비를 개수대에 내팽개쳤다. 그러더니 노란 고무장갑을 낀 두 손을 허공을 향해 들어 올리고 그야말로 벼락 맞은 사람처럼, 바닥에 뿌리를 내린 사람처럼 그대로 서 있었다. 무아지경에 빠진 그 모습을 바라보면서 나는 입을 다물지 못했다. 나는 그가 제정신이 아니라고, 미쳤다고 생각했다. 하지만 그는 그저 사랑에 빠졌을 뿐이다. 그런 상태를 모르는 나는 제대로 구별할 수도 알아볼 수도 없었던 것이다. 하지만 나는 햇살 동생을 위해 시라노 드베르주라크*가 되어 내가 모르는 그 아가씨의 사랑을 얻을 수 있도록 도왔고, 그렇게 그의 행복의 궤적에 몸을 실었다.

---

*   Cyrano de Bergerac: 프랑스 작가 에드몽 로스탕Edmond Rostand (1868~1916)이 17세기의 작가 시라노 드베르주라크를 모티프로 쓴 희곡 『시라노 드베르주라크Cyrano de Bergerac』의 제목이자 주인공 이름이다. 시라노는 못생긴 외모 때문에 사랑하는 여자 앞에 나서지 못하고, 그녀를 사랑하는 동료를 위해 아름다운 편지를 대신 써준다.

thêu • 수놓기

그녀의 이름은 밧Bạch이었다. 캐나다에 온 지 얼마 되지 않은 탓에, 베트남 남단의 고향 마을을 떠나온 슬픔을 아직 떨치지 못한 상태였다. 그녀는 몬트리올 교외에서, 눈 비비고 찾아봐도 먼지 한 톨 없고, 방마다 신고 들어갈 슬리퍼가 따로 있고, 도마 역시 용도에 따라 달리 써야 하는 고모의 넓은 집에서 살았다. 그 고모가 밧의 여섯 식구를 캐나다로 불러주었다. 밧은 고향 까마우*에 남아서 친구들과 함께 해외에 수출할 테이블보에 수를 놓으면서 살고 싶었다. 하지만 고모가 미래 없는 삶을 버려야 한다고, 다음 세대가 제대로 교육받을 수 있도록 부모 세대가 희생해야 한다고 그녀의 부모를 설득했다. 밧은 전기 배선판을 제작하는 공장에서 일했다. 회로를 접합하는 일을 그녀는 능숙하게 잘해냈다. 바늘로 한 땀씩 찔러 공간을 메우는 일에 이미 손가락이 숙련되어 있었기 때문이다.

---

*   Cà Mau: 베트남 남쪽 메콩강 삼각주 지역에 자리 잡은 도시.

햇살 동생은 밧을 위해 우선 내 부엌에서 마니옥*
케이크, 게살 볶음밥, 생강과 표고버섯을 넣은 닭고기
를 가져갔다. 그녀를 처음 고모 집까지 데려다준 뒤 달
려온 그는 영원한 젊음을 강렬하게 내뿜으며 기쁨의 탄
성을 질렀다. 그리고 마침내 밧에게 청혼했다. 밧이 결
혼을 결심한 것이 매일 네 시간씩 버스를 타고 다니지
않게 해주기 때문인지 아니면 사랑을 받아들이고 싶어
서였는지는 잘 모르겠다. 어쨌든 그들은 결혼했다.

---

*   남아메리카 원산의 작물로, 고구마와 비슷하다.

mâm • 쟁반

약혼식 준비는 내가 맡기로 했다. 햇살 동생의 아버지는 자동차 브레이크 드럼을 만드는 공장에서 일주일에 60시간 일한 뒤 다시 10시간 동안 피자 배달을 했고, 어머니는 심한 두통과 진통제 때문에 항상 바람에 흔들리는 갈대 같았기 때문이다. 햇살 동생의 어머니는 옆에서 속삭이는 누군가의 숨결이 볼에 와 닿는 자극만으로도 이마 위에 지나온 삶의 지도가 그려졌다. 그녀의 거실에서는 신부 집에 가져갈 선물을 싸는 빨간색 전통 투명 종이를 만질 수 없었다. 한 번 접을 때마다, 한 번 손댈 때마다 그녀에게는 살갗이 찢기듯 고통스러운 소리가 될 터였다. 부딪치고 바스락대고 소란스러운 소리들이 그녀를 괴롭히지 않도록, 우리 식당에 지휘 본부가 차려졌다.

hạnh phúc • 행복

약혼식 전날 식당 안은 온통 붉은색이었다. 사랑의

붉은색이 아니라 행운의 붉은색이다. 베트남의 미신에 따르자면 선물은 모두 행운의 붉은색으로 싸야 한다. 결혼을 통해 두 사람이 하나의 삶을 이루고 또 그 삶이 다른 삶들을 떠받칠 수 있으려면 균형을 찾아내야 하는데, 그것은 행운을 아주 많이 필요로 하는 일이기 때문이다. 신랑 신부에게도 사랑 대신 행복을 빌어준다. 그리고 두 번 빌어준다. 그래서 글자를 두 번, 서로 포개지고 서로를 거울처럼 비추고 서로를 복제하도록 두 번 쓴다.* 그 누구도 그 믿음을 어기려고 하지 않기에, 쟁반에 들고 가는 선물들도 같은 글자로 두 번이 아니라 같은 글자 두 개가 포개진 한 글자로 행복을 수놓은 새빨간 보자기로 덮여 있다.†

다행히도 요즘의 신랑 신부들은 앞서 시험을 통과한 이전의 신랑 신부처럼 불안해하지 않는다. 그들에게

---

*   '기쁠 희囍' 자의 모양을 조금 바꾸어 두 개를 연결시킨 '쌍희 희囍' 자를 말한다.

†   베트남의 전통 혼례 풍습에 따르면, 신랑의 친구와 친척들이 고기와 술, 차, 과일, 다과 등을 얹은 쟁반에 붉은 보자기를 덮어 들고 와서 신부 집에서 약혼식을 치르고, 결혼식은 신랑 신부가 집에 있는 사당에서 조상들에게 인사를 하는 것으로 시작된다.

는 예식의 절차도 축제일 뿐이다. 그들은 결혼하면 행복이 따라온다고, 혹은 둘이 있으면 행복하니까 결혼한다고 믿는다.

trầu cau · 빈랑

순서에 따라 일이 진행되도록, 삶의 주기가 이어지
도록 남편은 평소 친하게 지내던 손님들을 동원해 약혼
식 선물 쟁반을 들고 가게 했다. 제일 힘센 사람이 양념
을 여러 번 칠해 구운 새끼돼지를 들었고, 나머지가 차,
포도주, 다과를 나누어 들었다. 보석, 쌀로 빚은 술, 구
장* 잎과 빈랑† 열매는 사촌들이 맡았다. 요즘에는 베트
남 사람들도 빈랑 열매를 거의 씹지 않는다. 하지만 빈
랑은 여전히 만남의 시작을 상징한다. 100년 전만 해도
집에 손님이 찾아오면 자개로 장식된 통에서 절구를 꺼
내놓았다. 그 절구에 빈랑 열매를 찧어 소석회를 살짝
바른 잎으로 싸는 것이다. 즐기는 사람들은 그렇게 섞으
면 커피처럼 각성 작용이 생긴다고 하고, 심장이 약한

---

*   후춧과의 상록 식물로 '베텔'이라고 한다. 하트 모양의 잎이 특유의
     향미가 있어서 그대로 씹기도 하고, 빨간 색소가 있는 빈랑 열매를 싸
     서 씹기도 한다.
†   동남아시아 지역에서 자라나는 야자나뭇과의 식물로, 열매가 약용으
     로 혹은 염료로 사용된다.

사람들은 어지럽고 취한 기분이 든다고도 한다. 천천히 씹으면 효과가 나타나면서 입술이 영원한 결합의 이야기를 되새겨주는 붉은색으로 물든다.

전설은 이렇다. 쌍둥이 형제가 한 여자를 사랑했다. 형이 그 여자와 결혼하자 슬픔을 이기지 못한 동생은 형에게 자기 마음을 숨기기 위해 마을을 떠난다. 사랑의 아픔을 안고 힘이 빠지도록 계속 걷던 동생은 결국 쓰러져 석회암 바위가 된다. 형이 동생을 찾으러 나서고, 동생이 간 길을 그대로 따라간다. 그러다 힘이 빠져 동생이 바위로 변한 자리에서 쓰러져 빈랑나무가 된다. 이어 형의 아내가 남편이 간 길을 그대로 따라가고, 같은 장소에서 나뭇잎이 하트 모양인 덩굴로 변한다. 결국 나무가 바위를 지키고 덩굴이 나무를 감싸게 된다. 나는 이토록 슬픈 결말을 맺은 세 사람의 사랑 이야기가 어떻게 행복한 결혼의 상징이 될 수 있는지 의아했다. 내 생각에 우리는 조상들의 뜻을 잘못 받아들였다. 조상들이 빈랑을 축하 선물 행렬의 제일 앞에 놓은 것은 우리가 믿는 것과 반대로 신랑 신부에게 불가능한 사랑의 위험을 경고하기 위해서가 아닐까? 혹은 사랑이 우리를 죽일 수 있음을 알려주려고 한 게 아닐까?

lại tổ tiên • 조상들에게 인사하기

　제단 위에서 내려다보는 조상들은 신랑 신부가 바닥에 엎드려 아무리 코가 바닥에 닿도록 낮게 머리를 조아려도 진짜 이유를 알려주지 않는다. 그저 향이 타는 것을 바라보고, 혼례 절차가 한 세대에서 다음 세대로 전해지는 것을 지켜볼 뿐이다. 아들을 결혼시키는 어머니들이 며느리에게 귀걸이를 선물하던 풍습도 언젠가 사라지리라는 사실 역시 조상들은 이미 알고 있으리라. 기억하는 사람이 이미 별로 없지만, 옛날에는 약혼하는 신부들의 귓불에 새싹을 상징하는 금방울 귀걸이를 달아주었다. 그리고 결혼식 때는 그 귀걸이 대신 신부가 활짝 피어났음을, 이제 꽃이 떨어질 것임을 상징하는 꽃 모양 귀걸이를 달아주었다.

tiễn đưa • 작별 인사 하다, 배웅하다

내가 결혼할 때 시집 식구들에게서 받은 것은 봉투 한 장이 전부였다. 하지만 그 봉투에는 다른 곳에서의 삶을, 낯선 사람과의 미지의 삶을 제안하는 서류가 들어 있었으니 금으로 된 봉투만큼의 가치를 지녔을 것이다. 내게는 아버지가 없고 조상들도 없었기 때문에 예식을 생략하기로 했다. 떠나는 날 공항에서도 다른 승객들과 달리 나는 배웅하러 나온 사촌들도 친구들도 없었다. 그날 공항에는 아이, 노인 할 것 없이 수백 명이 모여 있었고, 모두들 북받쳐 오르는 감정을 추스르지 못해 눈물 흘리며 약속을 주고받았다. 돌아올 기약 없이 떠나던 시절이었다. 약속이라고 해봐야 잊지 말라는 다짐이 전부였다. 자식이 자기를 저버리지 않기를, 은혜를 알아주길 바라는 다른 베트남 어머니들과 달리 엄마는 내가 다 잊기를 바랐다. 이제 새로 시작할 수 있는, 짐 가방 없이 떠나는, 자신을 새롭게 만들어나갈 기회가 주어졌으니, 이제는 딸이 다 잊기를 바랐다. 불가능한 일이었다.

gia đình • 가족

    베트남 사람들은 처음 만나면 보통 고향 마을과 조상들 이야기로 대화를 시작한다. 조상이 있기에 우리가 있고 전생의 업보가 우리의 운명을 결정한다는 굳은 믿음 때문이다. 나이가 아주 많은 사람들은 내가 만난 적 없는 내 할아버지의 이름을 알았고, 실제로 내 할아버지와 알고 지내던 사람들이었다. 그보다 낮은 연배의 사람들은 엄마의 형제자매를 알았고, 내가 엄마의 식구들과 닮지 않았다는 사실을 알았다. 사람들은 날씬한 내 다리를 부러워했지만, 지나치게 두드러진 내 몸의 곡선 뒤에 부도덕한 이야기가 숨어 있으리라 의심했다. 식당에 온 퀘벡 여인들, 베트남 아이를 입양한 어머니들만이 순수한 눈길로 내게 다가왔고, 백지 상태 그대로 나를 받아주었다.

tình bạn • 우정

쥘리는 주방에서 만든 음식을 손님들에게 내보내
던 사각 창 안을 처음으로 들여다본 사람이었다. 그녀
의 미소에 창 전체가 환해졌다. 쥘리는 첫 키스의 흔적
을 찾아낸 고고학자처럼 환희에 찬 얼굴로 내게 인사를
건넸다. 굳이 말이 필요 없이 곧바로 우리는 친구가 되
었고, 나중에는 자매가 되었다. 쥘리는 딸을 입양할 때
그랬듯이 나를 받아들일 때도 과거를 묻지 않았다. 그
녀는 종종 오후에 나를 극장에 데려갔고, 자기 집에도
데려가서 명작 영화를 함께 보기도 했다. 그리고 냉장
고를 열어 그날 기분에 따라 이것저것 맛보게 해주었
다. 그렇게 나는 스모크드 미트*부터 투르티에르†까지,
케첩부터 베샤멜소스까지, 셀러리 뿌리, 대황, 들소고
기, 푸딩 쇼뫼르,‡ 달걀 피클까지 먹어보았다. 쥘리가 식

---

*   후추 등으로 간한 고기를 훈제한 것으로, 스모크드 미트를 넣은 샌드
      위치는 퀘벡의 대표 음식 중 하나이다.
†   일종의 고기 파이로, 퀘벡 지역에서 성탄절과 새해에 먹는 음식이다.
‡   케이크 반죽에 메이플시럽을 부어 오븐에 구운 푸딩으로, 퀘벡의 대

당으로 와서 나와 함께 음식을 만들 때도 있었다. 나는 바나나 잎을 포개놓고 찹쌀이 흩어지지 않도록 단단히, 하지만 내용물이 숨 죽지 않도록 부드럽게 싸매는 것을 보여주었다. 그 역시 말로 설명하기보다는 손가락이 더 잘 느낄 수 있는 아주 미묘한 균형이 필요한 일이다.

매해 1월 말이면 나는 그 떡*을 수십 개씩 준비해야 했다. 베트남 새해를 맞아 남편이 고향 마을에서 자기 어머니가 그랬듯이 친구들과 친척들에게 선물하고 싶어 했기 때문이다. 끓는 물에서 오랫동안 익어가는 바나나 잎 냄새는 남편에게 옛날 고향에서 맞던 새해를, 달을 닮은 윤기 흐르는 연노란색 녹두를 찹쌀에 채워 바나나 잎에 싼 뒤 커다란 냄비에 가득 얹어놓고 마을 사람들이 밤새 화덕 앞에 앉아 그 불을 지키던 때를 떠올려주었다.

쥘리는 우리 식당에 자주 왔다. 친구들을 데려와서

표적인 디저트다. 20세기 초 대공황이 닥쳤을 때 값싼 재료로 개발된 음식이라 프랑스어로 '실업자'를 뜻하는 '쇼뫼르'라는 이름이 붙었다.

* 베트남 남부 지역의 설 음식 반뗏bánh tết을 말한다. 북부 지역은 둥근 반뗏과 달리 사각형으로 만들고 반쯩bánh chu'ng이라고 부른다.

점심 식사를 했고 한 달에 한 번 독서 모임도 했다. 가족의 생일 혹은 결혼기념일에는 아예 우리 식당을 통째로 빌렸다. 그때마다 쥘리는 나를 주방에서 불러내고, 주저하는 나를 떠밀어 자기 일행에게 소개시켰다. 쥘리는 내가 가져본 적 없던 언니가 되었다. 나는 쥘리의 딸에게 베트남 엄마가 되었다.

yén · 제비

어느 날 저녁, 쥘리가 주방의 간이 식탁에 열쇠 하나를 내려놓았다. 나는 제비집에 낀 티끌을 핀셋으로 집어내는 중이었다. 제비집이 완벽히 깨끗하도록, 그래서 수프를 단 한 방울도 버리지 않아도 되도록 꼼꼼히 살펴야 했다. 남편이 중국 약초상에서 구해 온 제비집은 1킬로그램당 수천 달러에 거래되는 귀한 재료였다. 남편 말에 따르면, 침으로만 둥지를 짓는 유일한 새인 제비들은 그렇게 새끼에게 무조건 인내하는 무한한 사랑을 바친다.* 그러니 제비집을 먹으면 우리도 좋은 부모가 될 수 있을 거라고 했다. 쥘리에게 제비집수프가 얼마나 귀한 음식인지 막 설명하려는데, 그녀가 나를 막무가내로 끌고 나갔다. 쥘리는 내게 열쇠를 건네주면서 자꾸 옆집 문을 열어보라고 했다. 그렇게 우리의 모험이 시작되었다.

---

* 흔히 '바다제비'라 불리는 흰집칼새류들은 알을 낳을 때가 되면 바닷가 절벽이나 동굴에 침을 발라서 집을 짓는다. 그 집을 미지근한 물에 녹여서 '연와탕'을 끓인다.

xích lô • 씨클로

쥘리는 건축가와 실내장식가들을 불러와 그곳을 요리 실습을 위한 아틀리에로 꾸몄다. 그녀는 사업 때문에 아시아에 자주 가는 남편에게 부탁해 철제 뼈대가 일부 녹슬고 안장은 땀에 절어 일그러진 낡은 씨클로*도 하나 구했다. 아틀리에의 벽에는 마치 옛 고급 관리들의 저택 입구처럼 대구를 이루는 한시漢詩가 적힌 두 개의 목판을 걸었다. 쥘리는 또 손님들에게 개장 선물로 줄, 야자나무 줄기 사이에 시구를 끼워넣어 엮은 원뿔형 모자들과 대나무 고리 열여섯 개가 달린 받침대까지 후에†에 주문해서 구했다. 아틀리에의 제일 안쪽에는 커다란 서가를 만들었다. 요리책과 사진 관련 책들이 마치 엄마와 살았던 교원 사택 앞 학교 운동장에서 매일 아침 차렷 자세로 국가를 부르던 학생들처럼 가지런히 꽂혀 있었다. 서가를 살펴보는 동안 쥘리가 내 손

---

*   자전거를 타고 끄는 베트남의 전통 인력거.

†   Huế: 베트남 중부에 위치한 도시로, 1802년부터 1945년까지 베트남 응우옌 왕조의 수도였다.

을 꽉 잡아주었다. 안 그랬으면, 마지막 칸을 보는 순간 내 무릎이 꺾이고 말았을 것이다. 그곳에는 내가 한두 페이지밖에 읽지 못한, 기껏해야 한 장章을 읽다 만, 단 한 번도 끝까지 읽어보지 못한 소설들이 꽂혀 있었다.

정치적 혼란이 이어지던 시기에 프랑스어와 영어로 된 많은 책이 몰수되었다. 이후에 그 책들의 운명이 어찌 되었는지는 알 길이 없지만, 그중 일부는 뜯겨 나온 채로 살아남았다. 그 책장들이 어떤 경로로 상인들의 손에 들어갔는지, 그래서 빵을 싸고 메기를 싸고 공심채를 싸는 데 쓰였는지는 알 길이 없다. 누렇게 바랜 신문 더미 틈에서 그 보물들을 찾아내는 행운이 어떻게 내게 왔는지 역시 영원히 알지 못할 것이다. 엄마의 말로는, 그 찢어진 책장들은 하늘에서 떨어진 금단의 열매였다.

나는 그 소중한 열매들 중 프랑수아즈 사강의 『슬픔이여 안녕』에서는 '권태', 베를렌의 시로부터는 '우수憂愁', 카프카에게서는 '징벌'이라는 낱말을 배웠다. 엄마는 알베르 카뮈의 『이방인』에 담긴 의미를 "저녁이면 마리가 찾아와 자기와 결혼하고 싶으냐고 물었다"라는 문장을 통해 설명했다. 그때 우리는 여자가 마리처럼 자기 욕망을 드러낼 수 있다는 생각조차 할 수 없었기 때문이다. 나는 또한 『레미제라블』에서 마리우스의 이야기가 어떻게 시작하고 어떻게 끝나는지 알지 못한 채 그를 나의 영웅으로 삼았다. 언젠가 우리가 한 달치로 배급받은 돼지고기 100그램을 싼 종이에 적혀 있던 문구 때문이었다. "삶, 불행, 고립, 유기, 가난이라는 전장戰場에는 영웅이 있다. 때로는 이름 높은 영웅보다 가려진 영웅들이 더 위대하다."

tự điển • 사전

엄마가 모르는 단어들도 많았다. 다행히 우리 집
가까이에 살아 있는 사전이 살고 있었다. 그는 엄마보
다 나이가 많았다. 매일 로즈애플* 나무 밑에서 프랑
스어 단어와 그 단어의 정의를 외우던 그를 동네 사람
들은 미친 사람이라고 생각했다. 젊었을 때 늘 끼고 다
니던 사전을 빼앗긴 뒤에도 그는 머릿속에서 계속 사
전의 페이지를 넘겼다. 그와 나 사이에 놓여 있던 창살
너머로 내가 단어를 말하면 그는 곧바로 그 단어의 정
의를 알려주었다. 딱 한 번 예외가 있었다. 그날 내가
'humer'라는 동사를 말하자 그는 자기 머리 위에 매달
린 로즈애플 송이에서 핑크빛이 가장 진한 열매를 따서
나에게 건넸다.

"humer : 냄새를 맡기 위해서 코로 들이마시다. 공
기를 들이마시다. 바람을 들이마시다. 안개를 들이마시

---

*   도금양과에 속하는 말레이시아 원산의 열대 교목으로, 붉은 열매를
     먹는다. '러브애플' 혹은 '왁스애플'이라고도 불린다.

82

다. 이 열매를 코에 대고 들이마셔봐! 해보라고! 로즈
애플이야! 기아나*에선 '러브애플'이라고 부르지. 자,
어서 해봐!"

그날 이후 나는 러브애플을 먹을 때면 깨끗한 껍
질, 싱싱함을 간직하고 거의 몽롱해지게 만드는 반질
반질한 마젠타핑크† 빛깔의 껍질을 코에 대고 냄새를
들이마신다. 독서 테이블 한가운데 쥘리가 커다란 접
시 안에 넣어둔 수십 가지 석고 장식품 과일 중에서 내
가 러브애플을 고른 이유도 아마 그 때문이었을 것이
다. 곧바로 코로 가져다 대자, 마치 그 희고 부드러운 과
육이 진짜인 것처럼 감미로운 싱싱함이 내 코를 간질였
다. 옆에서 쥘리가 웃음을 터뜨렸다.

"정말 냄새 맡고 싶으면, 이리 와봐."

쥘리가 수십 개의 조미료 병이 놓인 커다란 장의

---

*   Guiana: 남아메리카에 있는 프랑스의 해외 영토.
†   빨강과 파랑이 혼합된 자홍색. 처음에는 아닐린 염료의 이름을 따서
    '푹신fuchsine'으로 불렸다. 염료의 특허를 사들여 상업화한 회사는
    롬바르디아의 마젠타에서 벌어진 오스트리아 전투에서 프랑스가 승
    리한 것을 기념하기 위해 색 이름을 '마젠타'로 바꾸었다.

유리문을 열었다. 팔각회향, 정향, 강황, 고수 씨앗, 양강근…… 어디나 들어가야 하는 피시소스, 면, 라이스페이퍼도 있었다.

쥘리는 몇 달 동안 쉬지 않고 아틀리에서 일했다. 나를 붙잡고 설득하는 일도 병행했다. 마침내 나는 베트남 음식을 만들고 시식하는 요리 강좌를 여는 데 동의했다. 그 누구도 당해낼 수 없는 열정을 지닌 쥘리를 그냥 따라가기로 한 것이다.

tranh · 그림

그날 이후 내 삶은 쥘리가 가져다 놓은 두루마리 그림이 내 앞에서 조금씩 펼쳐지는 셈이었다. 내가 한 걸음 나아갈수록, 그림이 펼쳐질수록, 새로운 색과 새로운 형태가 계속 등장했다. 마침내 형상들이 마법처럼 베일을 벗어 던지고 하나의 장면을 만들었다. 혹은 하나의 순간을 그렸다. 그리고 갑자기, 그 그림을 그리고 있는 화가의 손짓이 귀에 들리고 손에 만져지기 시작했다. 접시, 봉투, 진열장, 어디나 비취 초록색으로 써놓은 내 이름 ─ '만^{màn}' ─ 에서도 목소리가 솟아 나왔다. 막 태어난 그 목소리는 나의 요리 강좌에 처음 참석한 스무 명이 조리법을 배워가면서, 그날의 음식에 대해 들은 이야기들을 퍼뜨려주면서 그 음량이 높아져갔다. 그렇게, 새로운 모험을 떠난 격동의 삶이 또 다른 삶을 가져왔다. 그 새로운 삶은 마침내 나의 배 속 따뜻한 곳에 자리 잡았다.

ảo tưởng • 환상

쥘리와 남편은 나를 도와 주방에서 일할 사람을 구하느라 애썼다. 홍은 나와 거의 비슷한 나이였는데 벌써 10대의 딸이 있었다. 그녀는 사이공의 한 카페에서 만난 퀘벡 남자와 결혼했다. 그녀는 종업원이고 남자는 손님이었다. 남자는 그녀에게 캐나다 여권을 보여주었고, 그녀는 캐나다로 떠나기로 했다. 한밤중에 일을 마치고 돌아오는 딸한테서 풍기는 담배 냄새를, 낯선 사람들의 손길이 딸의 블라우스에 남긴 땀 냄새를 더 이상 맡고 싶지 않았기 때문이다. 남자는 그녀를 사랑했고, 100달러가 100만 동의 가치를 지니는, 1,000달러면 영원한 사랑을 살 수 있는 베트남에 머무는 시간을 사랑했다. 그는 오랫동안 꿈꾸던 여인과 함께 빈 술병이 가득한 자기 아파트로 돌아왔다.

홍이 앤디 워홀을 알았더라면 맥주 상자가 차곡차곡 쌓인 벽을 팝아트 작품으로 감상할 수 있었을지도 모르겠다. 불행히도 홍에게 그것은 어두운 터널의 입구일 뿐이었다. 홍의 남편은 그녀가 너무 긴 치마를 입고 다니고 구두 굽이 너무 낮다고 실망했고, 공장에 너무 일찍 나가서 너무 늦게 들어온다고 짜증을 냈다. 홍은 그 집이 남자의 것이 아니어서, 그의 자동차가 우산 없이 비를 맞는 노인처럼 쿨럭거려서 놀랐다. 하지만 딸의 침대를 마련해준 그가 고마웠다. 그래서 소매를 걷어붙이고 남편이 살아낸 고독의 흔적들을 지워보려고 애썼다. 좁은 복도에, 주먹질을 받아주면서 남편의 분노를 가라앉혀주었던 그 복도의 벽에 빛이 들어오게 하려고 애썼다.

cỏ • 잔디

　홍은 낮에도 밤에도 주중에도 주말에도 일했다. 그
녀는 남편도 그렇게 하기를, 동업자와 함께 더 많은 고
객을 구하러 다니기를, 더 많은 집의 잔디를 깎기를 바
랐다. 그런데 하늘이 무겁게 내려앉은 날이면 남편은
하늘이 무거워서 일어나지 못했다. 홍이 남편 대신 잔
디를 깎는 일이 한 번, 두 번, 여러 번 이어질 즈음에 쥘
리를 만났다. 쥘리가 정원으로 나와 물 한 잔을 건넨 날,
내 남편에게 홍을 우리 식당에서 일하게 하면 어떻겠냐
고 제안한 날이 홍이 마지막으로 잔디를 깎은 날이었다.

New York • 뉴욕

홍은 처음에는 마음을 열지 않았다. 그녀의 말소리 대신 동작들의 소리만 들렸다. 그런데 그 동작들이 믿기 어려울 정도로 능률적이었다. 홍 덕분에 나는 주방을 맡겨놓고 쥘리와 함께 뉴욕에 다녀올 수 있었다. 우리는 이틀 동안 오후 내내 엄청나게 넓은, 수백 권의 요리 서적이 가득한 서점에서 마음 놓고 책을 뒤져보았다. 우리는 식당들도 돌아다녔는데, 시간이 부족했기 때문에 한 곳에서 한 입 맛만 보고 식사는 다른 데서 하고 디저트는 또 다른 데서 먹었다. 쥘리는 주어진 이틀 동안 최대한 많은 곳에 나를 데려가려고 애썼다. 쥘리는 맨해튼을 잘 알았고 맨해튼의 창고형 갤러리들도 잘 알았다. 그곳에 가득한 그림들과 조각품들을 보면서 나는 현기증이 일었다. 리처드 세라*는 녹슨 철이 관능적이라는 것을 어떻게 알았을까? 내 부엌보다 스무 배나

---

*   Richard Serra(1939~   ): 미국의 설치미술가로, 철을 소재로 한 대형 조각물들을 사용한 실험적 예술을 추구했다.

큰 작품을 도대체 어떻게 운반할까? 어떻게 하면 저렇게 넓은 시야를 가질 수 있을까?

cắn • 깨물다

쥘리는 내가 지평선을 바라보고 지평선을 갈망할
수 있도록 일상 너머로 데려가주었다. 쥘리는 내가 그저
필요한 만큼이 아니라 깊게 숨 쉬는 법을 배우길 바랐
다. 쥘리는 내게 같은 얘기를 100가지로 다르게 100번
말해주었다.

"깨물어. 사과 깨물 때처럼 해봐."

"줄질할 때 줄이 금속을 물어뜯듯이 깨물어봐."

"온 이빨로 꽉 깨물어봐."

"깨물어봐! 깨물어봐! 깨물어봐!" 목청껏 웃음을
터뜨리면서, 길을 건너자고 내 팔을 잡아끌면서, 내 머
리카락을 땋으면서 쥘리가 말했다. 그녀는 내게 언어와
동작과 감정을 가르쳐주었다. 겨우 한마디 하는 동안에
도 눈길 둘 곳을 몰라 쩔쩔매던 나와 달리, 쥘리는 손까
지, 코의 주름까지 다 써가며 말했다. 그리고 여러 번 나
를 거울 앞에 세워놓고 우리가 대화하는 모습을 거울로
보게 했다. 자기에 비해 내 몸이 얼마나 뻣뻣하게 굳어
있는지 보라는 것이었다.

쥘리가 베트남어를 따라 할 때마다 나는 쓰러질 지

경이었다. 그녀는 체조선수처럼 유연하고 악기 연주자처럼 정확하게 베트남어의 억양을 잘 따라 했다. "외치다, 되다, 낯설다, 희미하다, 맑다"의 뜻을 구별하지 못하면서도 "la, là, lạ, lả, lã"의 성조를 다르게 발음해냈다. 내 베트남어를 따라 하는 게 쥘리에게는 너무 쉬운 일이었고, 반대로 나는 그녀가 따라 하라고 시키는 것들을 해내려면 엄청난 노력이 필요했다. 노래를 외우는 것 자체는 힘들지 않았지만 큰 소리로 부르기 위해서는 그야말로 용기를 총동원해야 했다. 쥘리는 나의 혀를 해방시켜 소리를 꺼내주었다.

"혀를 내밀어. 턱을 만져봐. 혀를 왼쪽으로 돌리고…… 이제 오른쪽으로. 자, 한 번 더."

이 연습을 할 때마다 내 손이 저절로 입으로 가면 쥘리는 박장대소했다. 그때마다 나도 마음껏 따라 웃었다. 쥘리의 웃음은 더없이 뜨겁고 더없이 상큼했다. 쥘리는 눈물도 넘쳤다. 최대한 소리 없이 우는 베트남 여자들과 달랐다. 베트남에서 몸짓을 섞고 얼굴에 고통을 드러내면서 우는 여자가 추하다는 말을 듣지 않는 것은 장례식에서 돈을 받고 곡哭하는 여자들뿐이었다.

ma · 혼령

    남편은 내가 밤에 엄마에게 편지를 쓰면서 운다는 사실을 알지 못했다. 어쩌면 알았고, 서랍 안에 우표 시트 두 장을 늘 준비해놓는 것으로 나를 위로했을 수도 있다. 엄마는 답장을 자주 하지 않았다. 엄마 역시 눈물을 피하기 위해서였을 것이다. 그래도 내 귀에는 엄마의 침묵이, 들리지 않는 모든 것의 무게가 메아리쳐 왔다. 우리가 한 침대에서 자던 때, 엄마의 감긴 눈에서 눈물 소리가 새어 나오기도 했다. 그럴 때면 나는 숨을 죽였다. 그때 나는 보는 사람이 없으면 슬픔이 그저 혼령으로만 존재하리라 기대했다.

    베트남 사람들은 대부분 혼령을 믿는다. 삶을 떠나지 못하고 죽음을 엿보는, 삶과 죽음 사이에서 방황하는 영혼들이다. 그래서 혼령들이 그만 이 세상을 벗어나라고, 그들을 위한 자리가 없는 산 자들의 세상을 떠나라고, 해마다 음력 7월이면 향을 피우고 종이로 만든 돈과 옷을 태운다. 나는 주황색과 황금색 종이로 된 가짜 돈을 불 속에 던지면서 혼령들이 떠나가길, 엄마의 슬픔이 사라지길 기원했다. 하지만 어차피 확인할 수 없고 본 사람도 없는 혼령들을 왜 두려워하냐면서 힐책하는 공산주의자들과 똑같이 엄마는 자신의 슬픔을 완강히 부정했다.

엄마는 내 남편이 그렇듯이 얼굴에 힘든지 편한지가 드러난 적이 없었다. 기쁨은 더 말할 것도 없다. 반면 쥘리의 얼굴에는 모든 게 그대로 드러났다. 내 아들이 태어나던 날 감정을 주체하지 못하고 울먹이던 볼과 이마와 입술에 그녀의 마음이 그대로 나타났다. 몬트리올이 정성껏 마련한 고치 속에서 새로운 운명을 맞이하기 위해 먼 곳에서 막 도착한 아이들을 안내할 때도 쥘리는 감동에 젖었다. 그녀는 사진을 찍고, 입양 양부모 모임의 회원들에게 미리 받아놓은 환영 카드를 전해주었다. 아직 내 뱃속에 웅크리고 있던 내 아이에게 제일 처음 "사랑해"라고 말해준 것도 쥘리였다. 남편의 손을 잡아끌어 내 배를 볼록하게 만드는 아기의 발을 처음 만져보게 한 것도 그녀였다. 쥘리는 뻣뻣하게 서 있는 남편을 거리낌 없이 껴안기도 했다. 엄마가 캐나다로 올 수 있도록 남편이 신원보증을 서주기로 한 날이었다.

Đông · Tây • 동 · 서

엄마를 설득하는 데 몇 년이 걸렸다. 내 두 아이의 사진을 보내고 또 보냈다. 아들과 달리 딸은 가정이나 회사의 파티용 음식 주문이 급속히 늘어나던 것과 같은 속도로 아주 빨리 우리에게 왔다. 남편은 주거 공간을 넓히기 위해 바로 옆의 복층 아파트를 샀다. 쥘리는 아틀리에 아래에 넓은 주방을 만들었고, 위의 두 집은 자기 딸과 내 아이들, 때로는 보모를 구하지 못한 친구들의 아이를 위한 보육실로 꾸몄다. 아주 늦은 저녁까지 또는 아침에 동 트기 전부터 일해야 할 때 번갈아 도와줄 필리핀 여자 두 명도 구했다.

쥘리는 아틀리에의 주방에 페이스트리 셰프로 필리프를 데려왔다. 베트남 요리의 경우 크림, 초콜릿, 케이크 쪽에는 몇 가지 기본적인 조리법밖에 없기 때문에 새로운 조리법을 개발해야 했다. 베트남에서는 생일 케이크를 '반가토bánh gatô'라고 부르는데, '반bánh'이라는 베트남어가 이미 '빵-케이크-반죽'을 뜻하지만, 베트남의 전통 조리법이 아니기 때문에 '가토'*라는 외국어가 붙은 것이다. 조리법뿐 아니라 버터, 우유, 바닐라, 초콜

릿 같은 낯선 재료들을 사용하는 법도 배워야 했다. 베
트남 여인들은 오븐 없이 가토를 굽기 위해 냄비 뚜껑
위에 불붙은 탄을 얹어놓았다. 그런 다음 냄비를 중간
크기 화분처럼 생긴 토기 바비큐 틀 위에 얹었다. 그래
야 재료가 잘 부풀어 오르고, 온도가 일정하지 않고 열
기가 골고루 퍼지지 못해도 타지 않았다. 필리프가 사
용하는 정체를 알 수 없는 육중한 기구들은 물론 온도
계와 타이머, 그리고 부채처럼 펼쳐지는 다양한 크기의
계량스푼들을 보며 나는 입을 다물지 못했다. 비행기
조종석에 처음 들어가본 어린애처럼 서랍들 안에 혹은
선반 위에 놓인 온갖 기구를 만져보았다. 필리프는 자
신의 세계를 서서히 열어 보였다. 그는 제일 먼저 내가
굉장히 좋아하는 개암을 재료로 써서 생것 그대로, 구
워서, 통으로, 갈아서…… 새롭게 시도했다. 판단† 잎은
내가 중국인 동네에 가서 사다주었다. 진한 녹색의 판
단 잎은 향기가 굉장히 좋다. 태국에서는 택시 기사들

*   gatô: 케이크를 뜻하는 프랑스어 '가토gâteau'의 베트남어 표기이다.
†   판다나과의 열대 식물이다. 열매가 식용, 약용으로 쓰이고, 잎은 동남
     아시아 요리의 향신료로 사용된다.

이 이틀 혹은 사흘에 한 번씩 바꾸며 싱싱한 판단 잎 다발을 좌석 아래 넣어둔다. 리치는 필리프도 이미 아는 과일이었고, 리치의 '사촌'들은 내가 가르쳐주었다. 알갱이가 둥글고 반질반질한, 그래서 아름다운 아가씨의 동공을 묘사할 때 등장하는 용안, 성게처럼 붉은 껍질에 털이 많지만 만지면 부드러운 람부탄*……

내가 베트남식으로 만들던 바나나 케이크는 맛이 아주 좋지만 모양이 건장한 남자, 위압적일 정도로 거친 남자를 연상시켰다. 필리프는 원당原糖 캐러멜 거품을 사용해서 내 케이크를 순식간에 부드럽게 만들었다. 코코넛 밀크와 우유를 넣은 바게트 빵 반죽에 바나나 몇 개가 통째로 들어간 케이크로 필리프는 동과 서의 결합을 구현했다. 약한 불에서 익어가는 다섯 시간 동안에 빵 반죽은 바나나들을 지키는 역할을 하고, 반대로 바나나들은 과육의 단맛을 빵에 건네준다. 오븐에서 막 꺼낸 케이크를 먹는 행운을 누리는 사람은 칼로 자

---

*　무환자나뭇과의 열대 과일로, 여름에 붉게 익고 열매에는 길고 부드러운 털이 나 있다.

르는 순간 내밀한 상태를 갑자기 들킨 바나나가 부끄러
워 얼굴을 붉히는 것을 볼 수 있다.

màu • 색깔

베트남 사람들이 재료의 수에 따라 '삼색 째' '오색 째' '칠색 째'라고 부르는 '째chè'*에도 필리프는 아름다움과 고귀함을 부여했다. 이 디저트가 어떤 음식인지에 대해서는 파는 사람마다 생각이 다를 것이다. 째는 우선 하굣길 어느 길모퉁이에 놓인 작은 의자에 앉아 혹은 친구들과 어딘가를 가는 길에 먹는 간식이다. 나에게는 '째'를 먹자는 약속이 카페에서 데이트를 하자는 뜻이다. 단지 삶은 녹두, 석류 알갱이처럼 만든 타피오카,† 검은 눈 완두콩,‡ 팥, 니파야자 열매, 그리고 산처럼 높이 쌓인 얼음 송이들을 먹으면서 하는 데이트다. 보통은 주소도 없는 길거리 어딘가에서 한 스푼을 입에 넣고 다음 스푼을 뜨기 전까지, 그 짧은 시간 동안 수많

---

*   땅콩과 설탕을 기본으로 하여 녹두, 팥, 젤리, 코코넛밀크, 각종 과일 등 다양한 재료를 첨가할 수 있는 베트남의 디저트.
†   남아메리카 원산으로 감자, 고구마와 비슷한 카사바의 덩이뿌리를 말려서 채취하는 녹말로, 팬케이크를 굽기도 하고 푸딩을 만들기도 한다.
‡   콩의 한 종류로 동부콩, 강두, 중국콩 등으로도 불린다.

은 비밀 이야기가 베일을 벗는다. 그리고 수많은 사랑 이야기가 태어난다.

필리프의 작품을 맛보는 동안 손님들이 꺼내놓는 속내 이야기들로 아틀리에의 공기가 향기로워졌다. 시간을 벗어나 단둘이 있기라도 한 듯 키스를 나누는 이들도 있었다. 나는 사랑에 빠진 연인들을 그렇게 가까이서 본 적이 없었다. 큰 소리로 내뱉는 "사랑해"라는 말도 그때까지 한 번도 들어보지 못했다. 쥘리는 그 말을 늘 입에 달고 살았다. 남편이나 딸과 전화 통화를 마칠 때면 늘 "사랑해"라고 말했다. 나는 쥘리를 향한 고마움을 말로 표현해보고 싶었지만 한 번도 성공하지 못했다. 그저 일상의 몸짓들로 나의 애정을 증명했을 뿐이다. 쥘리가 사람들을 만나고 있으면 스스로 마시고 싶다고 느끼기 전에 알아서 그녀가 좋아하는 라임 소다를 준비해준다든지, 낮에 억지로라도 15분 동안 눈을 붙이게 한 뒤 전화 코드를 빼놓는다든지, 막 아문 상처가 흉터로 남지 않도록 강황으로 문질러준다든지 하는 것이다. 쥘리가 남편을 만나러 터키, 일본, 스리랑카 등지에 갈 수 있도록 딸을 닷새나 이레 혹은 열흘 동안 맡아줄 기회가 생기면 나는 하늘에 감사했다. 내가 쥘리에게 줄 수 있는 것은 우정뿐이었다. 쥘리는 부족한 게 전혀 없었고, 주변 사람들에게 줄 게 많고 또 모두에게 무엇이든 주었기 때문이다. 그녀는 행복을 파는 상인이었다.

mùa • 계절

흔히 행복은 돈으로 살 수 없다고들 한다. 그런데
나는 행복이 저절로 늘어나고 또 함께 나눌 수 있다는
것을, 우리 각자에게 맞는 행복이 있다는 것을 쥘리에
게서 배웠다. 그런 행복 속에 한 해 한 해 시간이 흘러
가는 동안 나는 달력이 넘어가는 것도 계절이 바뀌는
것도 느끼지 못했다. 정확히 언제부터 홍이 식당을 이
끌어갔는지도 잘 모르겠다. 내가 아는 것은 어느 날 아
침 아주 일찍 눈을 떴을 때 내 눈앞에 아찔할 정도로 완
벽한 세상이 펼쳐져 있었다는 것뿐이다. 옆에는 남편이
편안하고 평화로운, 마치 고요하고 잔잔한 얇은 막에
감싸인 듯한 얼굴을 베개에 파묻고 잠들어 있었다. 아
이들은 각자 자기 방에서 주먹을 꽉 쥔 채로 잠에 빠져
있었다. 괴물들까지 신나게 즐기는 혹은 신사로 변하는
꿈을 꾸는 소리가 들리는 것 같았다. 엄마는 두 아파트
를 잇는 복도 끝의 방을 골랐다. 그리고 마치 보조교사
가 된 듯 엄격하게 아이들의 숙제를 챙겼다. 내 아이들
이 '바 응오아이Bà Ngoại' — 외할머니 — 라고 부르면 엄
마는 조용히 미소를 지었다. 아이들이 학교에 가 있는

동안에는 주방에서 홍을 돕겠다고 고집을 부렸고, 베트
남 이주민들이 노인들을 위해 만든 모임에는 가지 않겠
다고 버텼다.

엄마는 이따금 우리 레스토랑에 새로운 메뉴를 추
가하면서 새로운 숨결을 불어넣었다. 우리의 메뉴는 여
전히 단 두 가지를 따라갔다. 단골 고객들의 욕구, 그리
고 우연히 떠오르는 우리의 추억.

hồng • 분홍색, 때로는 붉은색

아이들의 보육실로 쓰던 아파트에 홍이 딸과 함께 살기로 했다. 모녀는 그렇게 우리의 식구가 되었다. 쥘리가 홍의 몸에서 피멍들을 발견한 그날에 홍은 남편과 갈라섰다. 그때까지 홍이 늘 긴 소매 셔츠와 짙은 색 바지를 입고 다니는 바람에 가려져 있던 멍 자국들이었다. 손님들이 건네는 인사말 — "브라보" "고마워요" — 이 본의 아니게 내뱉는 욕설들과 자각하지 못한 채 퍼붓는 모욕들, 그러니까 알코올이 그녀에게 떠안긴 흔적들을 지워주었다. 그녀는 밤들을 밀쳐내며, 날아오는 주먹질을 무시하며 꿋꿋이 버텼다. 딸을 베트남으로 돌려보내겠다는 협박에는 자신의 몸을 방패 삼아 딸이 다시 살 수 없을 그 땅으로 돌아가지 않도록 지켜냈다. 눈을 질끈 감는 일은 그다지 어렵지 않았다. 음울한 집에 있는 단 두 개의 거울에 비치는 것은 어차피 그녀의 몸이 아니라 몸에서 터져 나오는 분노였고, 그 거울 속에 비친 그녀는 어차피 깨진 조각들이었기 때문이다. 조각들이 하나로 합쳐지면 어떤 모습이 되는지를 홍은 잊고 지냈다. 그녀가 욕실에서 조리복을 벗고 있을 때 모르고 문을 열어 버린 쥘리의 눈 속에서 자기 자신의 모습을 보기 전까지.

이미 삶의 방식이 되어 습관으로 자리 잡은 현실로부터 홍과 홍의 딸을 구출해내기 위해서 여자 둘, 남자 여섯 전부 여덟 명이 네 대의 차로 몰려갔다. 그날 밤 그리고 그 뒤 며칠 밤이 지나도록 홍의 남편은 자신의 아내를 호위하는 군대에 맞서지 않았다. 우리가 준비해 온 사진들을 정리하고 설명을 다는 일이 다 끝나기 전에, 홍의 딸은 약대에 입학했다. 그리고 우리 '아틀리에-부티크-레스토랑'의 요리법을 담은 책이 출간되었다.

sách • 책

우리를 무조건적으로 지지해주던 손님들 덕분에, 무엇보다 신문 잡지는 물론 라디오와 텔레비전에까지 퍼져 있던 쥘리의 인맥 덕분에 우리 책은 곧 방송으로 입소문을 탔다. 방송 하나가 성공하면 좋은 평이 따라오는 식이었다. 첫 신문 기사는 액자로 만들어 걸어 두었다. 그 전에 기사들이 실렸던 잡지로 여행 가방을 가득 채웠다. 인도양을 건너고 실크로드를 지나온 듯한, 혹은 홀로코스트에서 살아남은 듯한, 우리가 아끼는 가죽과 나무로 된 뻣뻣한 가방이었다. 진열창 안에 접이식 받침대를 펼쳐 그 위에 가방을 얹고 미국이나 프랑스처럼 먼 곳에서까지 곳곳에서 날아온 찬사들이 보이도록 그대로 열어두었다. 아틀리에-레스토랑 '만mān'은 여행안내서들에도 소개되었다.『몬트리올에서 보내는 주말』은 '꼭 가봐야 할 곳'으로,『프로머스Frommer's』는 '놓치지 말아야 할 체험'으로 꼽았다. 때마침 베트남이 관광객들을 위해 문을 열던 시기였기에 베트남 음식에 대한 퀘벡 사람들의 관심도 높았다. 덕분에 열띤 분위기가 형성되었고, 우리의 아틀리에-레스토랑은 베트남으로 향하는 선박들이 짐을 싣는 항구가 되었다. 그리고 우리 책 『장대 지게La palanche』는 베트남 문화를 이해하는 좌표가, 나는 그 대변인이 되었다. 우리 책에서 독자들이 받는 도움은 우선적으로 책에 실린 베트남 음식 조리법이었겠지만, 내가 독자들에게서 가장 많이 들은 얘기는 그 음식들을 선정하게끔 한 전래 이야기 혹은 일화들에 대한 것이었다.

실제로 토마토와 파슬리가 들어간 수프의 맛은 조리법을 소개하는 사진들보다는 배를 타고 탈출하다 붙잡혀 몇 달 동안 수용소에 갇혀 있어야 했던 아홉 살 소녀의 이야기가 더 잘 설명해주었다. 우리가 책에 그 수프를 포함시키기로 한 것은 흥을 위해서였다. 이야기 속에 등장하는, 체포되면서 아버지, 오빠와 떨어져야 했던 소녀가 바로 흥이었다. 배에 올라탈 때 흥의 아버지는 딸을 사람들 속으로 밀어 넣으며 무슨 일이 있어도 절대 신분을 밝히지 말라고, 체포되면 끝까지 열두 살 오빠와 단둘이 배에 탔다고 말하라고 했다. 흥은 남자 감방과 함석판들로 분리된 여자 감방으로 갔다. 흥의 오빠는 함석판 아래쪽을 조금 벌렸고, 밤이면 그 사이로 손을 내밀어 동생의 손을 잡고 잤다. 낮에는 흥이 수용소 제일 안쪽으로, 남자 죄수들과 여자 죄수들 사이에 철조망밖에 없어서 그나마 홍의 오빠가 그녀를 지켜볼 수 있는 곳까지 갔다. 남매의 아버지는 이름과 주소를 거짓으로 둘러댔고, 아이들로부터 최대한 멀리 떨어져 있었다. 죄수들의 발길로 다져진 메마른 흙 위에 쪼그려 앉은 남매가 두려움과 배고픔으로 우는 소리가 들려도 아버지는 절대 돌아보지 않았다. 아직 아무것도 모르는 아이들이 가족도 없는 걸로 되어 있으니 먼저 풀려날 수 있기를 바란 것이다. 그 소원은 이루어졌다. 아이들은 집으로 돌아갔고, 아버지는 그 감옥이 폐쇄된 지 몇 년이 지난 뒤에도 돌아오지 않았다.

홍이 간직한 아버지와의 마지막 추억은 빛바랜 노란색의 우묵한 플라스틱 그릇에 담겨 있던, 토마토 한 조각과 자른 파슬리 줄기가 들어간 맑은 수프였다. 홍의 아버지가 지나가면서 아들 옆 한구석에 그릇을 내려놓았고, 홍의 오빠는 다른 사람이 보지 못하도록 두 다리를 세우고 앉아서 그 밑에 두 손으로 그릇을 받치고 기다렸다. 그렇게 홍은 그 수프를 조금 마실 수 있었다. 홍에게는 먹어본 모든 음식 중에 가장 맛있는 음식이었다. 수용소에서 풀려난 뒤에도 홍은 일주일에 한 번이라도 같은 수프를 만들어서 그때의 맛을 느껴보려고 애썼다. 하지만 온갖 토마토를 다 사용해봐도 그때 몇 모금 마신 그 맛을, 절대 지워지지 않는, 하지만 잡힐 듯 잡히지 않는 그 추억을 되살릴 수 없었다. 우리는 홍의 아버지를 기리기 위해 그 수프의 조리법을 영원히 남기기로 했다. 마찬가지로, 통으로 썬 오징어를 가지, 파인 애플과 함께 튀긴 요리는 나와 쥘리의 만남을 기억하기 위해 고른 것이다. 이렇게 우리 책의 조리법 하나하나에는 이야기가 담겨 있었다.

đòn gách • 장대 지게

『장대 지게』가 주州 전역에 알려지는 눈부신 성공을 거두면서, 한 텔레비전 프로그램 제작자가 나에게 요리 방송을 제안했다. 나는 필리프와 함께했던 경험을 살려보기로 했다. 이번에도 쥘리가 방송에서 나와 함께 우리의 요리를 만들어보고 새롭게 해석해볼 요리사들을 구했다. 그들과 함께 일하면서 나는 입안에서 이루어지는 맛의 균형을 추구하는 것은 어디나 같음을, 단지 지역별로 고유한 재료를 사용할 뿐임을 확인했다. 오소 부코*에 그레몰라타†를 넣으면 상쾌한 맛이 나는 것처럼, 레몬그라스가 들어간 소고기 라구‡에 식초에 절인 하얀 무를 곁들이면 약간 쌉쓸한 맛이 난다. 퀘벡

---

*   뼈가 붙은 송아지 정강이 고기를 토마토, 백포도주와 함께 찐 이탈리아 요리.
†   고기나 생선의 맛과 향을 내기 위해 마지막에 허브처럼 사용하는 재료로 파슬리, 마늘, 레몬, 오렌지 등을 작게 썰거나 강판에 갈아 만든다.
‡   고기나 생선, 채소를 잘게 잘라 소스와 함께 서서히 익히는 요리법으로 프랑스식 '스튜'이다.

의 전통 요리에서 소고기 미트볼을 익히는 브라운소스
는 그 농도나 색이 대두와 소금에 발효시킨 잠두콩으로
만든 베트남의 미트볼 요리의 검은콩 소스와 비슷하다.
루이지애나 사람들이 생선에 케이준 스파이시*를 가득
뿌리듯이, 베트남에서는 생선에 레몬그라스와 다진 마
늘을 많이 얹는다.

　　물론 배타적이고 정체성의 경계가 뚜렷한 맛들도
있다. 예를 들어 닭 연골의 경우, 방콕에서는 빵가루에
묻혀 튀겨 먹는다. 하지만 지금껏 내가 만난 요리사들
은 하나같이 닭 연골을 앞에 두고 어찌할 바를 몰랐다.
사실 그들에게 새우를 소금에 절인 뒤 발효시켜 냄새가
강한 연보라색 소스†를 권한다면 너무 잔인한 짓일 것
이다. 덜 익은 구아버를 조미료 소금에 찍어 먹어보라

고 하는 것 역시 마찬가지다. 하지만 그릴이나 팬에 구운 연어는 시큼한 망고, 생강이 들어간 샐러드와 아주 잘 어울린다. 갈빗살을 담가두는 매리네이드 소스*를 만들 때 베트남 피시소스와 메이플시럽은 오랜 친구 사이처럼 잘 어울린다. 타마린드,† 토마토, 파인애플, 생선을 넣고 수프를 만들 때는 알로카시아‡ 줄기 대신 샐러리를 넣어도 좋다. 똑같이 맛을 빨아들이는 채소인 알로카시아와 샐러리는 마치 하인처럼 아무런 저항 없이 구멍이 숭숭 뚫린 줄기 속에 국물을 담아낸다. 그 둘 다 마치 유성 'h'§처럼 존재한다. 그런데 신기하게도 알로카시아는 줄기에 그렇게 구멍이 숭숭 뚫려 있으면서 잎에는 물이 침투할 수 없다. 비가 올 때 그 아래로 몸을

---

*   요리 전에 고기나 생선을 담그는 소스로 기름, 식초, 와인 외에 향신료가 들어간다.

†   열대 지방에서 자라는 콩과의 상록수이다. 열매가 식용, 약용으로 사용된다.

‡   남아메리카 원산의 식물로, 긴 줄기 끝에 달린 커다란 잎의 모양 때문에 '코끼리 귀'라고도 불린다.

§   프랑스어의 h는 둘로 나뉜다. 유성 h는, 음가가 전혀 없는 무성 h와 달리, 독자적인 음가는 없이 이어지는 모음에 인후음의 조음을 부여한다.

피할 수 있을 정도다. 수련과 연꽃 역시 그렇다. 연꽃에 매료된 쥘리는 레스토랑의 안마당을 파서 연못을 만들고 그 물에 열대의 꽃들이 떠다니게 했다. 연꽃의 싹이 나자마자 엄마는 베트남 사람들 모두가 아는 전래 민요를 낭송했다.

> Trong đầm gì đẹp bằng sen,
>
> Lá xanh, bông trắng lại chen nhụy vàng,
>
> Nhụy vàng, bông trắng, lá xanh,
>
> Gần bùn mà chẳng hôi tanh mùi bùn.

> 연못에 핀 연꽃보다 아름다운 게 있으리,
>
> 녹색의 잎, 하얀 꽃잎, 그리고 노란 암술이 누가 누가 예쁜가
>
> 노란 암술, 하얀 꽃잎, 녹색의 잎이 누가 누가 예쁜가
>
> 진흙 곁에 피어나도 냄새 없는 꽃이여.*

---

*   [저자 주] 저자의 번역.

우리는 이 시를 베트남어와 프랑스어로 몇백 장 인
쇄해서 레스토랑 정원을 찾는 손님들에게 나누어주었
다. 그들은 정원 테라스에 놓인 선베드에 편히 앉아 휴
식을 취했다. 작가나 시인이 되고 싶어 하는 학생들이
그곳을 약속 장소로 자주 택했다. 그들은 엄마가 키우
는 커다란 호리병박나무 아래 나란히 앉아 옆 사람과
이야기를 주고받고, 백지 앞에서 어쩔 줄 몰라 하는 사
람은 달래주기도 하면서 글을 썼다. 북도 나팔도 없는,
도시의 오아시스 같은 그 내밀한 공간에서 책들이 태
어났다. 보름달이 뜨는 날이면 작가들이 와서 자신들이
쓴 글을 낭송하기도 했다.

cao su • 고무

『장대 지게』는 파리까지 매료시켰다. 파리는 베트남과 긴밀한 관계를 맺은 사람들이 많이 사는 도시였다. 누군가는 인도차이나가 프랑스 식민지이던 시절에 베트남에 있었던 할아버지를 떠올렸고, 또 누군가는 삼촌 혹은 사촌 형제가 들려주던 '눈물 흘리는' 고무나무 농장과 라텍스를 피처럼 쏟는 파라고무나무 농장 이야기를 떠올렸다. 넓게 펼쳐진 땅에 곧게 하늘로 솟은 커다란 나무들이 줄줄이 늘어선 낭만적인 풍경은 베트남 혁명군이 와서 고개 숙인 인부들의 땀을 가리고 있던 안개를 벗겨내는 순간 완전히 깨져버렸지만.

나는 프랑신을 파리 도서전에서 독자로 만났다. 연푸른 눈빛의 그녀에게 세상에서 가장 아름다운 건축물은 사이공의 그랄 병원*이었다. 거의 신적인 존재였던 그녀의 아버지가 환자들의 병실을 둘러싼 넓은 베란다

---

*   19세기에 프랑스 군을 위한 병원으로 사이공에 설립되었고, 20세기 들어 군인이자 의사이던 샤를 그랄Charles Grall이 일반 병원으로 운영했다. 1976년 베트남 정부가 인수했다.

115

를 누비고 다니던 곳이다. 그랄 병원의 외과의사였던 그녀의 아버지는 그곳에 다시 가보고 싶어 했지만 끝내 뜻을 이루지 못했다. 그는 마지막 숨을 거두는 순간까지 베트남을 가슴속에 간직했다. 8년 동안이나 프랑신을 길러준 베트남 보모를, 자신이 세운 고아원에서 자라던 장애아들을 두고 떠나왔기 때문이다. 그는 불행한 운명에 맞서기 위해 아이들이 머물 둥지를 마련했다. 그는 인간의 비극에 맞서기 위해 그곳의 아이들에게 산타클로스가 있다고, 선물을 조금이라도 빨리 주고 싶어서 벨벳 옷 대신 열대 지방의 옷으로 갈아입었다고 믿게 했다.

프랑신은 아버지가 운영하는 고아원에서 나이 어린 아이들에게는 누나가 되고 자기보다 큰 아이들에게는 동생이 되어 함께 자랐다. 그녀는 밥숟가락을 참을성 있게 내밀면서 어린아이들을 먹였고, 자기보다 큰 아이들 곁에서 중국 주판으로 계산하는 법을 배웠다. 낮잠 시간에는 프랑신의 어머니가 피아노에 앉아 아이들에게 자장가를 들려주었다. 주현절*을 맞아 혹은 새로 온 아이를 축하하기 위해 프랑신의 어머니가 케이크를 만들 때면 보모들이 베트남 전통 노래로 프랑신의 동생 뤽Luc을 재웠다. 남베트남이 북베트남과의 전쟁에서 패하고 탱크가 사이공으로 들어오던 날, 프랑신의 가족은 고아원에 들를 틈도 없이 사이공을 떠나야 했다. 그리고 그렇게 급히 떠나온 그날을 이후에도 마음속에서 완전히 지우지 못했다. 당시 생후 13개월이던, 그때는 누군가 자기를 베트남어로 '륵Lực'이라고 불러도 대답했고, 함께 있던 베트남 아이들 사이에서 '든든하고 힘센'† 꼬마였다는 사실을 기억하지 못하는 뤽만이 예외였다.

<hr />

* 교회력에서 예수의 신성 출현을 축하하는 날(1월 6일)로, '왕의 갈레트'라는 케이크를 굽고 그 안에 잠두콩(요즘은 잠두콩 대신 도자기로 구운 인형을 사용한다)을 넣어 먹을 때 잠두콩이 나온 사람이 왕이 되는 풍습이 있다.
† 베트남어 '륵Lực'은 '힘[力]'을 뜻한다.

nhà hàng • 레스토랑

프랑신은 도서전이 끝날 때까지 기다렸다가 나를 동생이 운영하는 레스토랑으로 데려갔다. 뢱의 레스토랑은 오랜 역사를 간직한 전설적인 건물에 있었다. 제2차 세계대전 동안에는 나치 군이 바닥의 모자이크 타일을 보지 못하도록 검은색 페인트로 덧칠했던 곳이다. 사이공 역시 인간 본성이 발현된 참사들을 겪어낸 도시다. 나는 프랑신에게 사이공이 많이 변했다고, 거리의 이름들도 바뀌었다고, 화려한 상점들이 있던 카티나 거리는 '동커이Đông Khởi'(혁명운동이라는 뜻이다)라는 새 이름을 얻었고, 캔털루프멜론 조각을 비싸게 팔던 지브랄 카페 자리에는 색색의 네온등이 걸리고 복층 주차장이 있는 현대식 건물이 들어섰다고 알려주었다.

프랑신을 달래주는 소식도 있었다. 나는 카라벨 호텔은 아직까지 같은 이름으로 불리고, 노트르담 성당은 여전히 사이공 중심에 버티고 서서 온종일 그 주위를 미친 듯이 빠른 속도로 돌아가는 수많은 오토바이를 바라보고 있다고, 로터리들도 그대로여서 벤타인 시장 로터리를 바로 알아볼 수 있을 거라고 말해주었다. 나는

118

설탕에 절인 과일, 신발, 말린 문어, 생면, 옷감 등이 가
득 쌓인 시장 안 1,500여 개의 가판대를 간략하게 지도
로 그려주며 설명했다. 그녀의 기억 속 모습 그대로 벤
타인 시장의 상인들은 여전히 다닥다닥 늘어선, 귀가
멍멍하고 정신이 없는, 하지만 활기 넘치는 좁은 길에
서 한 평 남짓한 각자의 공간을 지켜내고 있다고. 우리
는 향수에 젖었고, 같은 장소를 떠올리며 추억에 잠겼
다. 그러느라 뢱이 우리 테이블로 다가왔을 때 둘 다 화
들짝 놀랐다.

"쓰신 책 잘 읽었습니다."

뢱은 악수하며 잡은 내 손을 바로 놓지 않았다.

bàn tay • 손

실수는 바로 그렇게 덧붙여진 찰나의 순간, 그의
지문이 내 지문에 배어든 그 짧은 순간에서 비롯되었
다. 그러지 않을 수 있었을까? 내 손은 어린애 손 같았
고, 그의 손은 피아니스트처럼 손가락이 길고 매력적이
면서 손목은 단호하고 믿음직했다. 나는 턱뼈가 굳어버
린 사람처럼 입을 뗄 수 없었고, 두 팔마저 묶이기라도
한 듯 움직이지 못했다. 그렇지 않았다면 아마도 그 순
간 머릿속에 불쑥 솟아오른 루미*의 시를 낭송했을지도
모른다.

가지에 매달린 어여쁜 사과 한 알,

정확하게 날아와 나의 꼭지를 떼어낸

당신의 돌과 사랑에 빠졌네.†

---

*   Jalāl ad-Dīn Muhammad Rūmī(1207~1273): 페르시아의 신비주의 시
인이자 이슬람 법학자.

†   [저자 주] 루미, 『영혼으로 가는 다리: 마음의 음악과 침묵으로 떠
나는 길*Bridge to the Soul: Journeys into the Music and Silence of the*

입양아 부모 모임의 과수원 소풍 초대장에 써 넣기 위해서 쥘리가 고른 시였다. 이 구절을 내가 30번쯤 옮겨 썼다. 미색 종이에, 어릴 때 하던 대로 잉크에 펜을 적셔가면서 썼다. 어릴 때와 똑같은 보라색 잉크를 구하느라 한참 돌아다녀야 했다. 우리의 삶이 가장 편안하던 시절에 베트남의 모든 학생이 그 잉크를 썼다. 삶이 팍팍해진 뒤로는 노트를 두 번 사용할 수 있게 처음에는 연필로 쓰고 두번째에 잉크로 썼다. 글씨가 글의 내용까지, 나아가 그 글을 대하는 마음과 경의를 담아낸다고 믿었기에, 어떤 것을 썼는지뿐 아니라 그것을 쓴 글씨가 어땠는지도 채점 대상이었다. 몇 년 동안 손가락 마디에 늘 보라색 잉크를 묻히고 다니면서 훈련한 덕분에 나는 곱고 가지런한 글씨체를 갖게 되었다. 이후에도 굵은 부분은 유연하고 가는 부분은 가볍게 쓰는 능력을 잃지 않기 위해 일부러 써보기도 했다. 쥘리의

Heart』, 콜맨 바크스Coleman Barks가 페르시아어를 영어로 옮긴 (Harper Collins Publishers, 2007)것을 쥘리 마카르Julie Macquart가 다시 프랑스어로 번역했다.

초대장에 반복해서 쓰는 동안 나는 그 시를 외워버렸고, 허공에 매달려 있던 사과가 날아온 돌에 꼭지를 맞고 떨어지는 장면이 나의 뇌리에 새겨졌다. 때로는 밑에 깔아둔 압지押紙에 잉크가 사과 혹은 사과나무 비슷한 형상을 그리기도 했다. 하지만 날아온 돌 혹은 돌을 던지는 형상이 그려진 적은 없었다. 그래서일까, 나 자신이 가지에서 떨어지다가 누군가의 손에 잡힌 열매가 될지 모른다는 생각은 단 한 번도 해보지 않았다.

cẩm thạch • 비취

그날 밤 나는 잠을 이루지 못했다. 뤼과 함께했던
몇 분이 사진 같은 정지화면으로 이어진 영화가 되어
밤새도록 천장에 펼쳐졌기 때문이다. 무엇이 나를 빨아
들여서 무중력의 공간으로 쏘아 보냈는지 그 정체를 정
확히 알고 싶었다. 그날 밤 나는 레스토랑 바닥을 덮고
있던 장미 덩굴과 나팔꽃이 섞인 화려한 풍경의 브리아
르 모자이크타일* 하나하나를 되짚어보았다. 그 나뭇잎
들 사이에 앉아 있던 앵무새들의 꾸밈없는 핑크빛 깃털
이 나를 취하게 만든 걸까? 쉬제트 크레이프†를 굽던 황
동 프라이팬이 반짝이는 바람에 눈이 부셨던 걸까? 뤼
의 눈 안에 들어 있던 비취 때문일까?

색깔을 생각하면, 숫자의 경우가 그렇듯이, 나는
늘 베트남어가 먼저 떠오른다. 베트남에서는 사람에 대

---

*   1845년에 설립된 프랑스 중부 브리아르Briare의 모자이크타일 제조
       회사의 이름이자 그 제품 이름이다.
†   버터, 캐러멜소스, 술에 귤이나 오렌지를 더한 크레이프로, 디저트 요
       리이다.

해 이야기하면서 머리카락과 눈의 색깔을 구별하지 않는다. 아시아인들의 눈동자는 아주 짙은 갈색과 흑단 같은 검은색까지 결국 한 가지 색조이기 때문이다. 더구나 내 머릿속에서 푸른색과 초록색은 같은 단어 ── '싼xanh' ── 로 지칭되기 때문에, 뢱의 눈이 어떤 색이었는지 정확히 떠올리느라 그의 얼굴 전체를 몇 번이나 클로즈업해야 했다. 뢱의 '싼'은 푸른색이 아니라 초록색이었다. 할롱*만의 물빛, 혹은 여자들이 몇십 년 동안 차고 다녀 짙어진 비취색이었다. 비취는 시간이 흐를수록 새로운 음영을 얻는다. 처음에는 피스타치오 열매처럼 부드러운 녹색이었다가 점점 짙어져서 어린 올리브 색이 되고, 심지어 아보카도 과육 색깔이 된다. 그러다 나무에 붙은 이끼와 전나무의 색, 혹은 보틀그린†색에 가까워질수록 가치가 올라간다. 그 때문에 어떤 여자들은 비취의 색을 변하게 하려고 일부러 하녀

---

*   Hạ Long : 베트남 북부의 만으로, 크고 작은 3,000여 개의 기암괴석과 섬들이 있다.
†   색상표에서 녹색의 한 종류로, 유리병에 보이는 청색을 띤 녹색, 암녹색이다.

들에게 자기 팔찌를 차고 있게 한다. 비취는 쉽게 긁히기 때문에 팔찌를 차고 있으면 급하게 움직일 수 없다. 탄을 만지느라 시커메지고 여기저기 튼 손마저도 동작이 우아해질 수밖에 없다.

아마도 같은 이유에서 엄마는 내가 어렸을 때부터 비취 팔찌를 끼워주었다. 어떤 사람들은 다이아몬드보다 귀중한 보석이라고 말하는 비취를 팔에 낀 대부분의 여자처럼 나는 그 팔찌 때문에 손에 비누칠을 하지 못했고 주먹을 꽉 쥐지도 못했다. 여전히 내 팔목에 있는 팔찌는 더 이상 흘러내리지 않는다. 뼈가 자란 탓에 딱딱한 팔찌가 팔목에 거의 꽉 끼기 때문이다. 예외적인 일이 생기지 않는 한, 이 팔찌는 마지막 날까지 나와 함께할 것이다. 격정의 불길을 흡수하지 않고 절대 긁히지도 않는 나의 비망록이다. 나의 비취 팔찌는 내게 견고해야 한다고, 무엇보다 매끄러워야 한다고 환기해준다.

yêu · 사랑

　잠들지 못한 그 밤 내내 나는 구명 튜브에 매달리는 심정으로 팔찌를 잡고 있었다. 내일 다시 만나기로, 심지어 저녁에는 그의 클라리넷 연주회에 가기로 했다. 망설임 없이, 프랑신 없이, 두려움 없이 그의 초대를 받아들였다는 사실에 현기증이 일었다. 내가 만난 적 없는 나의 할아버지가 내가 만난 적 없는 나의 할머니의 흔적을 따라갔듯이, 나는 뤽의 목소리를 따라갔다.

　할아버지 이야기는 엄마에게 들었다. 겉으로 보기에는 엄격하기만 했던 할아버지는 옷장 속에 소중하게 간직해온 도기 단지를 같이 묻어달라는 유언을 남겼다. 그 단지에는 할아버지가 할머니를 처음 만난 날 할머니가 밟고 지나온 흙이 들어 있었다. 발자국이 흐트러지지 않도록 할아버지는 플라타너스 잎으로 한 번에 조심스레 흙을 떴다. 그러면서 아내를 영원히 놓칠 뻔했다는 생각에 두 손이 떨렸다. 그날 축구 경기가 연장전까지 가는 바람에 중매쟁이가 마련한 첫 약속 시간에 맞춰 가지 못했기 때문이다. 기다리던 사람들은 모욕감에 분노했고, 한 시간 뒤 달려온 할아버지에게 문을 열어

주지 않았다. 미련 없이 돌아 나서던 길이었다. 할아버지의 눈에 가축우리 옆을 지나가는 할머니의 원뿔 모자가 보였다. 나이와 성별에 상관없이 누구나 쓰던, 살짝 낡고 뾰족한 꼭대기가 하늘로 향한 평범한 미색 모자였다. 그런데 할머니의 모자는 양쪽 끝에 묶여 벗겨지지 않도록 고정해 주는 끈이 아래로 늘어져 있었다. 그 끈 자락이 제각기 바람에 나부끼는 모습이 너무도 아름다웠다. 그리고 그 순간 할아버지의 눈에 할머니는 자신의 아내가 될 세상에 단 하나뿐인 여자였다.

그 끈이 나에게는 우리 테이블에 인사하러 와서 프랑신의 목깃을 만져주던, 스카프 위로 비뚤어진 목깃을 바로잡아주던 뤽의 손이었다. 갓 없는 전구들이 비추는 무대 위에서 다른 이들과 함께 연주하는 동안 찡그리는 듯하고 웃음을 터뜨리기도 하던 뤽의 얼굴이었다. 아니, 어쩌면 특별한 것이 전혀 없었을지도 모른다.

thang · 계단

뤽은 호텔 프런트 데스크에서 방으로 연락하는 대
신 곧바로 두 계단씩 건너뛰며 5층까지 올라왔다. 이미
아침에 그의 문자도 받았다. "'appréhension'*이라는 단
어 뜻 알아요?" 나는 그 단어의 의미를 알지 못했지만,
모르면서도 이미 그 안에 들어가 있었다.

모르는 프랑스어가 나오면 나는 우선 음색을 통해
추측해본다. 'colossal' 'disjoncter' 'apostille'† 같은 단
어가 그렇다. 때로는 단어의 결, 냄새, 형태로 추측한
다. 비슷한 단어 사이의 미세한 의미 차이를 파악해야
할 때는, 예를 들어 'mélancolie'와 'chagrin'‡을 구별해
야 할 때는 한 손에 하나씩 들고 무게를 재어본다. 그
렇게 손에 얹으면, 하나는 잿빛 안개처럼 떠 있고 다른
하나는 단단한 쇠공의 느낌을 준다. 이런 식으로 추측

---

*   프랑스어로 '두려움, 걱정'을 뜻한다.

†   'colossal'은 '거대한', 'disjoncter'는 '(연결을) 끊다', 'apostille'는 '주
    註' '추신'을 뜻한다.

‡   'mélancolie'는 '우울, 우수'를, 'chagrin'은 '슬픔, 괴로움'을 뜻한다.

하고 더듬어서 얻은 답이 맞을 때도 있고 틀릴 때도 있다. 나는 아직까지도 실수를 하는데, 지금껏 가장 뜻밖의 실수는 'rebelle'*이라는 단어 때문이었다. 나는 '르벨rebelle'이 '벨belle'에서 파생된 말,† 그러니까 '다시 아름다워진다'는 뜻인 줄 알았다. 아름다움은 얻기도 하고 잃어버리기도 하니까. 엄마가 늘 말하길, 혹시라도 갈등이 생기거든 설사 상대가 잘못했다 해도 욕하지 말고 그냥 물러서는 편이 낫다고 했다. 욕하려면 우리 입을 분노와 피와 독기로 채워야 하기에 결국 우리 입이 더러워지고 아름다움도 잃게 되기 때문이다. 그래서 나는 'rebelle' 앞에 붙은 're'가 원래 상태로 회복될 수 있는, 이전의 아름다움으로 되돌아갈 가능성을 열어주는 말이라고 믿었다.

어차피 자주 틀렸기 때문에, 이번에는 'appréhension'이라는 단어의 뜻을 맞혀볼 용기가 나지 않았다. 단지, 방문을 여는 순간에 두려움이 밀려왔다.

---

* '반항하는' '반역을 일으키는'이라는 뜻이다.
† 'belle'은 '아름다운'을 뜻하는 형용사 'beau'의 여성형이고, 're'는 '다시'를 뜻하는 접두어다.

mặt trăng • 달

그는 노크를 하기 전 복도에서 몇 차례 숨을 골랐다. 문 앞에 선 그는 한 손에는 외투를, 다른 손에는 헬멧 두 개를 들고 있었다. 그가 어떤 말부터 했는지는 아무리 애써도 기억나지 않는다. 그 순간에 나는 다른 곳에, 아마도 달에 가 있었던 것 같다. 베트남 어머니들이 아이들에게 들려주는 전래동화 중에 달에 사는 선녀를 위해 반얀나무 아래 앉아서 피리를 부는 목동 이야기가 있다. 중국의 어머니들은 아이들에게 신선들의 음식을 준비하는 토끼의 그림자를 보여준다. 일본의 어머니들은 딸들에게 선녀의 날개옷을 지어준다. 선녀는 자신을 사랑하는 황제를 지상에 남겨두고 달로 돌아가고, 황제는 선녀에게 다가가기 위해 병사들에게 자기를 제일 높은 산봉우리로 데려가라고 명한다는 이야기다.

뤼이 내게 입혀준 그의 다운재킷, 소매가 내 무릎까지 내려오던 그 깃털 옷과 함께 나 역시 옛날이야기 속으로 들어갔다. 지퍼를 올려주려 몸을 숙이며 뤼이 말했다. "부탁이에요. 가만있어요." 방을 나서면서 나는 우주비행사들이 겪는 현기증을 느꼈다. 어디선가 읽은

바에 따르면, 우주에서 그들은 어디가 위이고 어디가
아래인지 알 수 없어 현기증을 느끼게 된다고 한다. 내
상태는 더 심했다. 어디가 왼쪽이고 어디가 오른쪽인지
도 분간할 수 없었다.

thoát • 굴레를 벗은

나는 뤽의 스쿠터 뒷자리에 간신히 올라앉았고, 우리는 파리를 가로질러 그의 어머니 집으로 갔다. 그녀는 우리를 기다리고 있지 않았다. 더 이상 아무도 기다리지 않았다. 더 이상 노래하지 않았고, 거울에 비친 자기 모습도 살피지 않았다. 영혼이 육체로부터 떨어져 나온, 욕망의 굴레에서 벗어난, 아무런 고통도 느끼지 못하는 고요한 상태, 열반에 다가간 것 같았다. 뤽이 나에게 무섭냐고 묻자 옆에 있던 뤽의 어머니가 내 머리에 손을 얹고 머리카락을 어루만지기 시작했다. 천천히, 한참 동안 그러고 있었다. 집 벽에는 사진들이 가득 걸려 있었다. 그중에는 뤽의 어머니가 가슴에 로열블루 빛깔의 커다란 하트가 그려진 강렬한 빨간색 티셔츠 차림으로 피아노에 앉아 있는 사진이 있었다. 그녀 뒤편에는 잠시나마 장애의 굴레를 벗어나 졸고 있는 아이들이 보였다.

mồ côi • 고아

그녀의 손은 많이 쇠약해졌지만, 그 손길은 여전히 다정했다. 뼈마디가 굳은 손가락으로 베트남의 고아들에게 수백 장이 넘는 편지를 썼기 때문일 것이다. 답장을 받지 못해도 그녀는 낙담하지 않았다. 뢱의 어린 시절 내내 그의 어머니는 환영에 사로잡혀 살았다. 그녀는 파리의 거리에서 베트남 사람을 만날 때마다 잡아 세워놓고 자신이 운영하던 고아원을 아는지 물었다. 불행히도 고아원 동네에 살았던 사람이라면 그녀의 초대를 받았고, 함께 앉아 끝없는 질문 세례를 받아야 했다. 그러다 어느 날 한 베트남 부인이 고아원으로 쓰던 집이 몰수되었다고, 이후에 다시 분배되어 지금은 다섯 가족이 살고 있다고 알려주었다. 고아들은 재산 재분배가 시작될 때 이미 쫓겨났다고도 했다. 그 일이 시행되는 동안 동네 전체에 얼마나 깊은 정적이 감돌았는지 얘기하려 할 때, 뢱의 어머니는 자리를 뜨고 말았다. 그날 이후 그녀는 더 이상 지나가는 베트남 사람을 붙잡고 묻지 않았다. 누군가 그 아이들의 불행한 운명을 확인시켜줄까 봐 두려웠던 것이다. 그녀는 프랑신과 뢱도 베트남 사람들에게 다가가지 못하게 했다.

cá kho • 조린 생선

어머니의 뜻을 거스르는, 이미 폐기되었음에도 여전히 정서적으로 구속력을 지니는 규칙을 어기는 어린 소녀처럼 흥분해서 프랑신은 나에게 다가왔다. 한 주전에 동네 서점의 진열장에서 『장대 지게』를 발견한 그녀는 그 표지 사진(숯불에 절반쯤 묻힌 질그릇에 넣고 조린 생선 토막)을 보는 순간 왈칵 눈물이 솟았다. 진짜로 느억맘nước mắm* 소스 냄새가 나는 것 같았고, 고아원 부엌 구석에 서서 요리사가 설탕과 양파와 마늘을 볶은 뜨거운 그릇에 그 소스를 붓는 순간을 지켜보는 것 같았다. 그날 프랑신은 내 책을 사서 뢱에게 주었다. 프랑신이 그랬듯, 뢱은 어머니가 세상에서 가장 좋아하던, 결코 흉내 낼 수 없는 강렬한 냄새를 느꼈다. 그의 어머니는 적어도 한 달에 한 번 그 음식을 만들어 데친 양배추 혹은 둥글게 썬 오이, 그리고 밥과 함께 식탁을 차렸다. 허락 없이 저녁 외출을 할 수 있게 된 나이부터 뢱은

---

*   멸치 등의 생선을 절여 만든 베트남의 피시소스.

어머니가 저녁 식사로 '까코또cá kho tộ'를 준비하는 날이
면 집에 있지 않았다. 자신이 싫어하는 것이 느억맘 냄
새인지 혹은 강박적 추억들과 무력감으로 잔뜩 무거워
진 분위기인지는 알 수 없었다.

　"어머니를 위해 요리해줄 수 있나요?"

càm · tíc

파리로 돌아오는 길에 뤽이 고속도로변을 빨갛게
물들인 개양귀비를 손가락으로 가리켰다. 개양귀비처
럼 연약한 꽃이 어떻게 시멘트와 아스팔트로 덮인 길가
의 야생초들 틈에서 자라날 수 있을까? 뤽이 설명하길,
개양귀비의 연약해 보이는 모습은 눈속임이며, 실제로
는 황무지를 점령할 수 있고 밀밭도 공격할 수 있는 꽃
이라고 했다. '수탉의 볏'과 비슷한 개양귀비의 색깔에
매료당한 화가들도 있지만, 자기는 개양귀비를 볼 때면
꽃을 마법의 지팡이로 사용하는 모르페우스*가 떠오른
다고도 했다. 모르페우스가 꽃잎으로 건드리기만 하면
우리는 잠에 빠져 감미로운 꿈을 꾸게 된다. 나는 백일
몽을 꾸고 있었고, 눈 감으면 모든 게 사라져버릴까 두
려워 잠시도 눈을 감지 못했다. 나는 오르세 미술관에
서 모네의 그림 「개양귀비」도 알게 되었다. 그리고 뤽

---

* Morpheus : 그리스 신화에 나오는 꿈의 신. 잠의 신 힙노스Hypnos와
밤의 여신 닉스Nyx 사이에 태어난 아들로, 꿈속에 들어가 그 사람이
가장 사랑하는 사람의 형태(모르파이)를 띤다.

이 오토바이 헬멧을 씌워주고 벗겨줄 때 그의 손가락이
스치던 내 턱밑 삼각형의 살갗도 알게 되었다.

chợ • 시장

이튿날 뤽이 한 가지 약속을 끝내고 다른 약속 전
까지 남은 시간에, 나 역시 두 건의 약속 사이에, 우리
는 함께 장을 보러 13구*로 갔다. 학교 휴일이라 집에
있던 뤽의 아이들도 데려갔다. 우리는 바구니와 상자들
이 그 상점만이 원리를 아는 난해한 법칙에 따라 가득
쌓여 있는 좁은 길을 지그재그로 걸어 다녔다. 뤽의 아
이들은 사람이 많아도 겁먹지 않았고, 시끄럽게 울려
퍼지는 낯선 언어들의 소음에도 동요하지 않았다. 아
이들은 나를 어려워하지 않고 사포딜라는 어떻게 먹는
지, 용과†는 어디서 자라는지, 문어는 발이 몇 개인지,

---

*   파리 13구는 중국인을 비롯하여 아시아인이 모여 사는 곳으로, 중국·
        베트남 상점과 식당이 많다.
†   중남미 원산의 선인장과 식물로, 열매를 먹는다. 열매 표면에 선인장

흑란黑卵은 왜 검은색인지…… 질문을 쏟아냈다. 어찌나
열심히 묻던지 나는 아이들의 호기심을 자극한 재료들
을 망설이지 않고 다 샀다. 그렇게 시장에서 사 온 온갖
과일을 정원 테이블에 늘어놓은 뒤 뤽의 어머니도 나와
보게 했다. 자리에 앉은 그녀는 놀랍게도 슈가애플*을
반으로 쪼개 까만색의 씨를 손바닥에 뱉어가며 젖빛의
과육을 먹었다.

mãng cầu • 슈가애플

공산주의자들이 승리하고 나라가 통일되면서 많
은 가족이 다시 만났다. 북위 17도 선이 나라를 둘로 가
르던 때 북쪽에서 탈출했던 젊은이들이 고향에 두고 온

같은 돌기가 있고, 그것이 용의 비늘을 닮았다고 해서 '드래곤 프루
트', 혹은 '피타야'로 불린다.
*   중남미 원산으로 동남아에서 많이 재배되는 열대 과일이다. 과일 모
        양이 석가의 머리와 닮았다고 해서 '석가두釋迦頭'로도 불리고, 중국
        어로 '번여지', 베트남어로 '망꺼우'라고 불린다.

부모를 20년 만에 다시 볼 수 있게 된 것이다. 그 사이 젊은이들도 부모가 되었고, 그들이 낳은 아이들, 남쪽의 아이들은 북쪽의 여인들이 치아를 검게 물들이는 풍습을 알지 못했다. 사실 그것은 치아 염색을 전문적으로 하는 여자가 2주 동안 매달려야 하는 힘든 일이었다. 당사자 역시 그 기간 내내 고통과 불편함을 감수해야 했다. 북쪽에서는 흑옥처럼 검은 치아가 시인들의 칭송 대상이었고, 아름다움을 규정하는 네 가지 기준 중 하나였다. 일단 물들이고 나면 평생 지워지지 않고, 어떤 음식을 먹든 변색되지 않았다. 프랑스풍의 우아함이 받아들여지기 전까지 여자들은 반짝이는 검은 치아를 자랑스러워했다. 한 아이가 북쪽에서 온 할머니에게 왜 슈가애플 씨를 뱉지 않고 입안에 물고 있느냐고 묻는 것을 보면서 나는 치아를 물들이는 문화적 전통이 정말로 사라졌음을 깨달았다. 그 아이는 할머니가 치아를 물들였음을, 사라져가는 전통의 마지막 대변자임을 알 수 없던 것이다.

그래서 뤽의 어머니가 슈가애플 씨를 테이블에 늘어놓은 뒤 한 알을 손가락으로 튕겨 다른 알들 사이에 넣으려고 하는 것을, 계속 실패하면서 애쓰는 것을 보며 나는 놀랍고 기뻤다. 그것은 베트남 아이들이 구슬이 없을 때 대신 하는 놀이였다. 손가락이 말을 잘 듣지 않는 그녀를 돕기 위해 내가 다가갔다. 이어 뢱이 왔고, 나중에는 아이들까지 가세했다. 아이들은 각자 몇 알을 땄는지 살피며 자기 씨를 지켜냈고, 마지막 승자는 마치 월드컵에서 우승한 것처럼 승리의 춤을 추었다. 뢱의 아이들은 베트남 아이들이 벌 받을 때처럼 오톨도톨한 잭프루트 껍질 위에 무릎을 꿇어보려고도 했지만 그 껍질이 살에 닿기 무섭게 소스라치며 몸을 떨었다.

아이들이 낮에 상점에서 나오며 발견해서 들고 온 목검을 가지고 노는 동안, 나는 녹슬고 구멍 난 낡은 양동이에 불을 피워서 생선을 조렸다. 프랑신의 고아원에서, 베트남의 대부분 가정에서처럼 마당에 나와서 했다. 따라 나와 옆의 돌에 앉아 있던 뢱의 어머니가 내게서 넘겨받은 긴 대나무 젓가락으로 생선 토막을 뒤집었다. 지난 25년간 그녀의 기억에서 지워졌던 그 동작을 뢱이 사진으로 남겼다. 나는 생선조림을 두 종류로 준비했다. 하나는 아이들이 먹을 수 있도록 간을 약하게 했다. 다른 하나에는 내가 절구에 굵게 빻은 후추를 뢱의 어머니가 뿌렸다. 나는 우리를 유심히 지켜보는 그

녀에게 다가가 거짓말을 속삭였다. "고아원 아이들 다
잘 지내요. 다시 만날 날을 기다리고 있어요." 그녀가
내 말을 믿었는지는 모르겠다. 그녀는 다시 내 머리카
락을 어루만졌다.

cải cúc • 쑥갓

　손님들이 나지막한 상 앞에서 역시 낮은 간이 의자
에 앉아 먹는 베트남 거리 식당의 분위기를 내보고 싶
어서 나는 아이들 테이블에서 먹자고 했다. 뤼의 어머
니는 까코또를 먹은 뒤 쑥갓 띄운 국을 마시는 습관도
기억하고 있었다. 디저트를 먹을 때 아이들이 망고 조
각을 젓가락으로 집어보려고 했지만 잘 되지 않았다.
그러자 나에게 해보라고 했고, 한 조각씩 조심스레 젓
가락으로 집어 아이들의 입에 넣어준 덕에 나는 졸지에
곡예사 혹은 마술사의 반열에 올랐다. 뤼은 아이들을
웃기려고 망고 조각을 중간에서 가로챘다. 그런데 손놀
림이 서툰 탓에 망고 조각이 떨어져버렸고, 우리는 반
사적으로 동시에 그 조각을 잡았다. 그러느라 내 얼굴
이 그의 입술에 바짝 다가갔다. 그때까지 나는 누구한
테도 키스하고 싶다는 욕구를 느껴본 적이 없었다. 그
나마 키스를 할 때도 아기의 토실토실한 허벅지에 입을
대고 젖 냄새를 맡는 베트남 어머니들처럼 코를 가져다
댄 게 전부였다.

hôn · 키스

남편과 나 사이에는 남녀가 인사로 하는 혹은 전희로 주고받는 키스가 아예 없었다. 아이를 둘 낳은 뒤에도, 심지어 결혼 생활 20년째에도 우리는 여전히 조심스러웠다. 아마도 우리가 사용하는 언어가 그런 조심성을 강요했는지도 모르겠다. 우리는 어떤 것에 대해 말할 때 직접적으로 지칭하지 않았다. '가깝다gần'라고 말하면 그것으로 충분히 성관계를 가진 사이라는 뜻으로 이해되었다. 남편이 내 쪽으로 돌아누우면 그것으로 충분히 나는 아내의 의무를 이행해야 한다는 뜻으로 이해했다. 남편이 행복하면 그것으로 충분히 우리 둘 다 행복했다. 우리 부부에게는 아무런 문제도 다툼도 없었다.

vô hình · 눈에 띄지 않는

내가 아주 어릴 때부터 엄마는 갈등을 피하는 법을, 존재를 드러내지 않으면서 숨 쉬는 법을, 배경 속에 녹아들어 눈에 띄지 않는 법을 가르쳐주었다. 그 가르침은 엄마가 임무를 맡아 떠나 있는 동안 혼자서 살아 남아야 했던 나에게 제일 큰 도움이 되었다. 엄마가 언제 떠나는지는 알 수 없었고, 언제 돌아올지는 더욱더 알 수 없었다. 엄마는 알고 지내는, 혹은 나를 데리고 있으라는 지시를 받은 집에 나를 맡겨두고 갔다. 나는 곧 눈에 띄지 않는 법을 배웠고, 그와 동시에 사람들이 나를 기억하지 못하도록, 아무도 날 욕하지 않고 공격하지 못하도록 쓸모 있는 존재가 되는 법을 배웠다. 그래서 나는 엄마가 채소를 볶다가 내 손을 보지도 않고 웍 프라이팬의 내용물을 부을 수 있도록 제때 제자리에 접시를 가져다 댈 줄 알았다. 마찬가지로 식은 주전자의 물을 밤에 아무도 모르게 도자기 찻주전자에 부어서 늘 식수가 차 있게 해놓을 줄도 알았다.

심지어 나는 다른 집에 가서도 한나절, 늦어도 이틀이면 그 집 식구들에게 필요한 것을 파악했다. 그러니 남편이 무엇을 원하는지 남편보다 먼저 알아채는 일은 별로 어렵지 않았다. 나는 남편의 속옷 서랍에 어깨솔기가 없는 하얀색 티셔츠를 항상 충분히 준비해놓았다. 남편은 습관적으로, 그리고 고향에 대한 그리움으로, 노동계급에 속한 중국인들이 즐겨 입던 그 티셔츠를 늘 셔츠 안에 받쳐 입었다. 틈틈이 차이나타운에 가서 새것을 사 와 제일 낡은 것과 바꾸어놓을 때에도 새 옷의 뻣뻣함을 없애고 남편이 늘 입던 자기 옷처럼 느낄 수 있도록 미리 두 번 빨아서 넣었기 때문에 남편은 자신이 입은 티셔츠가 새것인지 알아채지도 못했다. 나는 수요일과 금요일 저녁마다 테니스를 치고 토요일 오전에는 골프도 시작한 남편을 위해 항상 벽장 안에 테니스공과 골프공도 준비해두었다.『내셔널 지오그래픽』잡지에 간지로 끼어 있는, 쓸데없이 두꺼워 남편을 짜증나게 만들던 광고지들도 내가 미리 치워놓았다.

반대로 남편은 아이들 교육 문제로 내가 어떤 결정을 하든 단 한 번도 이유를 궁금해하지 않았고, 내가 주방에서 아무리 긴 시간을 보내도 말린 적이 없었다. 남편과 나는 활주로처럼 매끄럽고 평평한 길을 갔다.

tóc • 머리카락

뤽이 손등으로 내 머리카락을 쓸어 올릴 때까지만
해도, 가만있으라고, 안 그러면 자기는 버티지 못할 거
라고, 소리치며 울어버릴 거라면서 내 목 옆쪽에 코를
가져다 대고 냄새를 맡을 때까지만 해도, 나의 결혼은
뤽의 결혼과 마찬가지로 완벽했다. 몬트리올로 돌아올
때 가져올 수 있었던 뤽의 흔적은 파리 공항의 주차장
에서 뺨 위에 흘러내리는 눈물을 보지 말라며 내 눈을
가렸던 그의 손의 흔적뿐이었다. 마음을 뒤흔드는 낯선
감정을 주체하지 못한 채 나는 그 앞에 가만히 서 있었
다. 뤽은 보안선을 넘어 탑승구로 들어가는 나를, 다시
만날 기약도 다시 오겠다는 약속도 없이 떠나는 나를
바라보고 있었다.

thở • 숨쉬기

나는 호흡을 조절하는 법을 배웠기에 산악지대 사람들, 그리고 전쟁 동안 꾸찌 터널*에서 살았던 사람들처럼 산소가 부족해도 숨 쉴 줄 알았다. 언젠가 하노이에서 엄마와 함께 정부가 정해준 방에 살 때, 악취 나는 괴물처럼 벽에서 풍겨 나오는 역겨운 냄새 때문에 도중에 깨지 않기 위해서 코에 수건을 얹고 자야 했다. 그때 나는 날숨보다 들숨을 적게 쉬면서도 숨이 차지 않았다. 그런데 비행기에서는 창밖 구름 사이로 나타났다 사라졌다 하던 것들이, 연보라색 셔츠 아래 보이는 둥근 어깨, 붉은 끈 팔찌를 한 튼튼한 팔목, 헬멧 아래 삐져나온 곱슬거리는 머릿결이 내 폐로 들어와야 할 공기를 전부 마셔버렸다. 폐쇄된 비행기 내부는 숨을 쉴 수 없는, 살수 없는 곳이 되었다.

---

*   남베트남 해방민족전선이 프랑스의 지배에 저항하는 게릴라 활동을 위해 사이공 북서쪽 약 40킬로미터 지점에 파놓은 터널로, 베트남 전쟁 동안에는 남베트남 내 군사 시설을 공격하는 데 사용되었다. 원래 길이는 250킬로미터 이상이었지만 지금은 절반 정도만 남아 있다.

lụa • 명주실

살면서 한 번도 중심이나 세계를 가져본 적 없었던 나에게 갑자기 나타나 세계의 중심이 되어버린 뤽에 대해 나는 아는 게 없었다. 고작 그의 어머니 집 정원에서 내가 그의 아들들을 위해 사용한 손톱깎이가 늘 그의 바지 주머니에 들어 있는 물건이라는 게 내가 아는 전부였다. 붉은 명주실 두 가닥을 손가락에 말아서 두 사람을 사랑으로 묶어준다는 옹떠Ông Tơ 신을 믿는 사람들을 비웃던 내가 틀린 걸까? 뤽이 바로 나를 위해 준비된 붉은 명주실이었을까?

어쩌면 알렉상드르가 옳았는지도 모르겠다. 우리 레스토랑을 찾아주던 손님으로 학생이던 그는 사랑을 잃고 괴로워했다. 이미 그는 죽을 때까지 다른 사람을 사랑하지 않겠다고 내게 맹세한 터였다. 우리 레스토랑의 창유리에 손님들이 좋아하는 말을 핀으로 꽂아둘 수 있도록 늘어뜨려놓은 줄이 있었는데, 그가 달아놓은 것은 롤랑 바르트의 말이었다. "살면서 나는 수백만의 몸을 만났다. 그 수백만 중에 수백의 몸을 욕망했다. 하지만 그 수백 중에 내가 사랑한 것은 단 하나다."* 다른 것

은 안 된다는, 오직 단 하나뿐이라는 그런 강렬한 느낌
을 한 번도 가져본 적이 없던 나에게는 온전히 낯선 말
이었다.

*   [저자 주] 롤랑 바르트Roland Barthes, 『사랑의 단상*Fragments d'un
discours amoureux*』, Paris: Le Seuil, 1977.

sân bay • 공항

세관 출구의 자동문을 나서던 승객 누구도 밖에서 기다리는 사람들 중 엄마를 눈여겨보지 않았을 것이다. 엄마는 유난히 작고 늙어 보였다. 시간의 흐름을 감내하는 게 아니라 그 흐름에 몸을 내맡기며 자연스레 받아들인, 마치 시간과 속내를 털어놓는 사이가 되어 시간과 함께 젊음의 소용돌이를 바라보며 웃을 수 있는 그런 시기의 문턱에 이른 사람 같았다. 어린 나를 다른 집에 맡겨두고 떠났다가 다시 데리러 왔을 때처럼, 공항에서 엄마는 내 머리카락 끝을 세 번 어루만졌다. 어릴 때 내가 머리카락이 짧거나 머리를 묶고 있을 때면 엄마의 자그마한, 하지만 마치 병을 치료하는 주술사처럼 강력한 그 손의 온기는 내 등으로 향했다. 언젠가 보니, 일주일 동안 집을 떠났다가 스쿨버스에서 내리는 아이들을 맞으며 나 역시 엄마와 똑같이 하고 있었다. 나의 그런 작은 손짓과 대조적으로 나를 영원히 놓지 않을 듯이 껴안고 거침없이 애정을 쏟아내던 뢱의 아이들 앞에서 나는 망연자실했었다.

bảo hiểm • 보험

내 아이들이 쥘리와 가족처럼 친해서 나는 마음이
든든했다. 쥘리는 내 아이들과 볼 키스를 하고 서로 껴
안고 비밀을 공유하고 다정한 말들을 속삭인다. 쥘리
는 오케스트라 지휘자가 음악으로 전해진 이야기 속 인
물들의 목소리를 악기 소리를 통해 듣는 법을 보여주는
연주회에 내 아이들을 정기적으로 데려갔다. 내 아이
들이 하키, 수영, 발레, 미술을 배우도록 나서서 등록시
켰다. 내 딸이 어떤 머리 스타일을 고를지, 어깨까지 내
려오게 자를지 아니면 등 가운데까지 오게 할지, 앞머
리를 내릴지 아니면 옆으로 넘길지 함께 정했다. 내 아
이들은 쥘리의 전화번호를 외우고, 쥘리를 '마 하이Má
Hai'(어머니 2번)라고 불렀다.

　가족에서 '2번'은 제일 높은 서열을 뜻했다.* 쥘리
가 나보다 나이가 많기 때문에, 나의 언니이기 때문에

---

*　형제들을 이름 대신 태어난 순서로, 1번은 비워두고 2번부터 붙여 부
　르는 남부 베트남의 전통 때문이다.

'2번'이 된 것이다. 이모, 고모, 숙모라고 불리는 친척들은 모두 '모', 그러니까 어머니다. 아이가 잘 지내고 제대로 가르침을 받을 수 있도록 어머니와 같은 의무를 갖고 지켜볼 수 있는 권리를 갖는다. 쥘리가 내 아이들을 이끌어가고 잘못을 바로잡아주고 즐겁게 지내게 해주기 시작한 뒤로 나는 뒤로 물러섰다. 쥘리와 내 아이들의 관계가 더 깊어지길, 내가 없어도, 내가 사라진 뒤에도 이어지길 바라는 마음이었다. 베트남 속담에 이런 말이 있다. "아버지 없는 아이는 밥과 생선을 얻어먹지만 어머니 없는 아이는 나뭇잎을 깔고 잔다Mồ côi Cha ăn cơm với cá; mồ côi Mẹ lót lá mà nằm." 내 아이들은 운이 좋다. 생명보험과 함께 어머니 보험까지 가졌으니까.

tim • 하트

    내 아이들에게 끊임없이 "사랑해"라고 말해준 필리프도 고맙다. 아몬드 튈,* 마시멜로, 젤리, 초콜릿 무스…… 어떤 과자를 만들든 필리프는 하트를 그려 넣거나 아예 하트 모양으로 만들었고, 아니면 사랑한다는 말을 넣기라도 했다. 그에게 배워서 내 아이들은 그림을 그리거나 카드를 쓸 때마다 시키지 않아도 하트를 그려 넣었다. 나는 내 아이들과 달리 엄마에게 편지를 쓰면서 "보고 싶다"는 말을 한 번도 하지 못했다. 하지만 내가 엄마에게 이야기하는 시시콜콜한 일들에는 엄마가 없어서 얼마나 힘든지 그대로 담겨 있었다. 내가 이곳은 상점 한 곳에서 파는 샴푸만 해도 종류가 얼마나 다양한지 엄마에게 자세히 얘기한 것은, 비누칠을 한 채 알루미늄 빨랫대야 위로 내민 엄마의 머리 위에 다시 물을 부어주고 싶어서였다.

---

*   아몬드를 얹어 굽는 쿠키로, 기왓장처럼 생겨서 프랑스어로 기와를 뜻하는 '튈tuile'이라는 이름이 붙었다.

내가 엄마에게 지하철 안내도를 보내면서 기차가 얼마나 빨리, 마치 총구에서 튀어나온 총알처럼 정확하게 어두운 터널 속으로 달려가는지 설명한 것은 우리가 탔던 느린 기차, 너무 느려서 손을 뻗으면 철로변 집들에 닿을 것 같았던 그 기차들이 그리워서였다. 그 기차는 일등칸도 한 칸에 여섯 명씩 들어가야 했기 때문에 침상이 좁고 불편했다. 특히 제일 위쪽 침상은 천장에서 겨우 30센티미터 정도 떨어져 있어서 간신히 들어가 누울 수 있었다. 한번은 우리 위에 배가 천장에 거의 닿을 만큼 뚱뚱한 부인이 누웠다. 나는 포르미카* 목재 프레임이 부러져서 그녀의 몸이 바로 아래 칸에서 자고 있는 우리 위로 떨어질까 봐 불안했다. 하지만 나의 불안은 오래가지 않았다. 엄마 곁에 웅크려 누운 시간이 너무도 행복했기 때문이다. 벽에 코를 바짝 붙이고 누워, 등을 감싼 엄마의 따뜻한 체온과 뒷머리에 닿은 엄마의 심장을 느끼며 나는 가장 달콤하고 가장 깊은 잠에 빠졌다. 엄마는 공간이 너무 좁아 공기가 부족할지

*   Formica: 프랑스의 가구 상표.

모른다며 걱정했지만, 아주 가끔 엄마와 함께 기차를 타고 가던 그 시간 동안 나는 어느 때보다 생기 있게 살아 있었다. 엄마는 손을 휘저으며 다른 승객들로부터 나를 지켜주고, 나를 가볍게 만들어주고, 온 세상을 비눗방울 하나로 바꾸어주었다.

기차에 닿을 듯 스쳐 지나가는 집들도, 화장이 너무 진한 딸의 얼굴에 다리미를 집어던지는 아버지도 내 눈에는 더 이상 보이지 않았다. 학생 시절에 구 체코슬로바키아에서 배급품을 밀거래하던 일을 회상하는 옆 침상 두 남자의 목소리도 내 귀에는 더 이상 들리지 않았다. 나는 황급히 벽을 기어오르는 바퀴벌레가 몇 마리째인지 더 이상 세지 않았고, 기차에 비치된, 끝단의 주름 장식이 먼지를 뒤집어쓴 폴리에스테르 새틴 베개에 온 동네 머릿니들이 모여든 게 아닐까 더 이상 걱정하지 않았다. 나는 엄마 품 안에서 쉴 수 있었고, 나를 내려놓고 또 나를 둘러싼 수백만의 잡다한 것을 내려놓았다. 엄마 곁에 웅크리고 있는 동안 나는 모든 것을 떨쳐내고, 모든 것을 무시할 수 있었다.

nhìn • 바라보다

주변 사물이 전부 사라지고 모든 공간이 오로지 나의 삶으로 채워진, 온 세상이 내 것인 느낌을 나는 뤽의 눈길이 나에게 고정되었던 동안에 다시 느꼈다. 언젠가 손님이 두고 간 책에서 'regarder'는 'esgarder'*라는, 다시 말해 누군가에 대해 경의를 품는다는 뜻이라는 구절을 읽은 적이 있다. 중세에는 전쟁이나 갈등 상황을 묘사할 때 적에 대해 이렇게 말했다. "그들 누구도 다른 사람에 대해 'regard'†를 갖지 않는다. 오래전부터 'regard'라는 단어에는 다른 사람에 대한 경의라는 의미가, 나아가 걱정, 배려라는 의미가 담겨 있었다."‡ 남

---

* 'regarder'는 프랑스어로 '바라보다'를 뜻하고, 'esgarder'는 고대 프랑스어에서 사용되던 동사로 의미는 'regarder'와 유사하지만 어떤 감정을 품고 바라본다는 의미가 더해진다.

† 'regarder' 동사의 명사형.

‡ [저자 주] 카미유 로랑스, 『말들의 낱알 *Le Grain des mots*』, Paris: P.O.L, 2003, p. 22. [카미유 로랑스 Camille Laurens(1957~)는 프랑스의 작가로, 『말들의 낱알』은 『뤼마니테 *L'Humanité*』지에 2년간 연재한 말에 관한 글들을 모은 책이다: 옮긴이]

편은 나를 위해 마음 쓸 일이 없었기 때문에 나에게 그런 눈길 혹은 경의를 바칠 이유가 없었다. 지인들에게 내 얘기를 할 때 남편은 내가 남극 대륙에서든 사막에서든 혼자서 살아남을 수 있는 여자라고 말했다. 그래서 남편은 같이 걸어가다가 샌들 끈이 끊어지는 바람에 내가 길모퉁이에서 멈춰 서야 했을 때도 한참 동안 혼자서 계속 걸어갔다. 나는 그와 그의 가족의 선택을 받는 행운을 누린 여자였기에 내가 그를 걱정하고 챙겨야 할 뿐 그가 나를 위해 마음 써야 할 의무는 없었다. 그래서 세세한 모든 것이, 아주 사소한 것부터 누구에게나 분명한 것까지, 저녁마다 침대 옆에 벗어둔 슬리퍼 방향이 제대로 되었는지부터 가족 구성원들의 생일 선물까지, 닭 엉덩이살을 그의 그릇에 챙겨 담는 것부터 아이들 학교의 학부모 모임에 참석하는 것까지 전부 나의 몫이었다. 나는 아침마다 만년필에 잉크를 채워 남편의 양복 주머니에 꽂아주었다는 엘리너 루스벨트*처럼 보

---

*   Eleanor Roosevelt: 미국의 대통령이었던 루스벨트의 아내이다. 정치적이고 인도주의적인 활동에 가장 적극적이었던 영부인으로 꼽힌다.

이지 않는 손으로 모든 일을 미리 내다보고 미리 챙기
고 준비했다.

Đức Mẹ • 성모 마리아

레스토랑을 규칙적으로 찾아주던 손님 중에 사제
였다가 지금은 간호사로 일하는 장-피에르 역시 베트
남 출신 아내 란의 일상을 하나하나 다 챙겼다. 하지
만 그는 같은 일을 하더라도 나와 달리 늘 축제 분위기
로 해냈다. 그는 무용수처럼 가벼운 동작과 유연한 몸
으로 아내를 안아 올렸다. 그가 란에게 다가간 것은 네
번째로 같은 지하철역에서 같은 시각에 만난 날이었다.
장-피에르는 미소를 지었다. 그의 청록색 눈이 점점 가
까워지는 동안 란은 마치 자동차 헤드라이트 불빛 앞에
선 사슴처럼 꼼짝하지 못했다. 그녀는 세상을 창조한
어머니 자연이 미처 돌보지 못한, 혹은 반대로 숭고한
사랑의 존재를 증명하기 위해 창조한 여자들 중 하나였
다. 그때까지 그녀는 무례하게 쳐다보는 눈길들 앞에서
보이지 않는 사람처럼 처신해왔다. 가방 속에 늘 우산
을 넣고 다니면서 해를 피하고 눈을 피하고 비를 피하
고 사람들을 피했다. 그리고 지하철 안에서는 책을 펼
쳐 들고 그 뒤에 숨었다.

장-피에르는 란이 성인 이민자들을 위한 프랑스어

연습문제 책을 읽는 것을 보았다. 그는 한두 마디 짧은 인사 뒤에 약속 날짜와 시간을 손으로 써 넣은 우리 식당 명함을 그녀에게 건네주었다. 그의 부탁으로 내가 통역이 되어주겠다고 뒷면에 미리 써놓은 명함이었다. 약속 날짜 전에 란이 내게 전화를 했다. 장-피에르는 그녀가 성모 마리아처럼 아름답다고, 보살펴주고 싶다고 말하고 싶었던 것뿐인데, 란은 위험한 흉계가 있을지도 모른다고 의심한 것이다. 장-피에르는 지하철역 입구에서 기다리기 시작했다. 그녀가 올 때까지 한참 기다리다가 놀라지 않도록 한 발자국 뒤에서 따라갔고, 조용히 다가가서 사전들로 무거워진 가방을 대신 들어주었다. 그리고 어느 날, 청혼을 했다. 장-피에르는 란의 부모와 남자 형제 둘, 여자 형제 넷까지 가족 전부가 캐나다로 올 수 있도록 보증을 섰다. 그녀를 위해 정원을 만들고 집 안의 벽 하나를 그녀의 사진들로 채웠다. 겨울에 찍은 사진, 사랑이 가득한 얼굴로 나온 사진, 임신한 사진…… 전부 그녀의 사진이었다. 장-피에르가 자기 아내의 아름다움을 칭송하는 모습은 마치 다이아몬드 원석이 들어간 반지가 얼마나 아름다운지 고객을 설득하려는 프랑스인 보석상 같았다. 사실 란은 거친 10대를 보내느라 초췌해진 자신의 빰을 부드럽게 어루만져줄 손이 나타나길 꿈꾼 적이 없었고, 나짱*을 떠날 계획을 세운 적도 없었다.

그저 우연히 어느 날 밤 천 덮개로 짐칸을 가린 트럭에 소리 없이 올라타던 사람들 무리에 끼게 되었을 뿐이다. 트럭은 배에 오를 수 있도록 뱃전에 걸쳐둔 널빤지 앞에 섰다. 얼떨결에 그녀는 황급히 이동하는 100명의 무리에 밀려 배에 올라탄 뒤 그들과 함께 인도네시아 연안에 내렸고, 다시 몇 년 뒤에 몬트리올섬†까지 왔다. 그렇게 그녀는 운명처럼 우연히 고향을 떠나와서 사랑을 만났다. 그 사랑은 테트라시클린‡ 때문에 회색으로 변한 치아를 하얗게 만들어주었고, 비쩍 마른 탓

에 이웃 사람들이 '말린 오징어'라고 부르던 앙상한 몸에 부드러운 윤곽을 더해주었다. 해변에서 햇볕 아래 줄에 걸어두고 간식으로 파는 그 오징어는 몸이 납작해서 마치 줄에 걸어둔 옷 같았다. 그렇게 앙상하던 몸을 늘 곁에 있던 장-피에르의 살이 조심스레 감싸준 것이다. 란을 만날 때마다 처음 몇 초 동안 나는 놀라곤했다. 내 머릿속에 들어 있는 눈부시게 아름다운 여인의 모습과 눈앞에 있는 그녀의 모습이 너무 달랐기 때문이다.

quà • 선물

파리에서 돌아온 내 얼굴에 이미 다 드러났을 것
이다. 엄마는 첫눈에 내가 몹시 흥분되어 있음을 알아
보았다. 정작 나는 거실 테이블에 선물들을 늘어놓고
있었다. 딸의 머리 리본, 아들이 좋아하는 커다란 프랑
스 전투기 사진집, 시부모님이 니오르*에 사는 친척에
게 선물로 받은 것을 먹어본 뒤로 남편이 반해버린 마
롱 글라세†였다. 엄마 선물은 어릴 때 엄마가 'l' 자는
네번째 가로선까지 가 닿도록, 'o' 자는 처음 두 선 안
에 동그랗게 들어가도록 쓰던 '세예스' 괘선 노트‡였
다. 전부 열 권 샀다. 엄마가 우리 이야기를, 내 엄마가
되기 이전의 엄마 이야기와 내 이야기를 써주기를, 그
래서 그 이야기를 내 아이들에게 유산으로 남겨주기를

---

*   Niort: 프랑스 중서부 누벨아키텐 지방의 도시.
†   단밤을 설탕에 조린 디저트.
‡   프랑스의 문구업자 세예스Jean-Alexandre Seyès(1855~1937)가 처음
    만들어 판 노트로, 굵은 가로세로 줄이 격자형으로 그어져 있어서 알
    파벳 쓰기 연습용으로 많이 사용된다.

바랐다.

　귀국한 날 저녁에 나는 아이들과 함께 남편보다 먼저 잠들었다. 한밤중에 깨어나서는 뤽이 보내온, 나 없는 파리를 이야기한 10여 통의 메일을 읽고 또 읽었다. 내가 탄 비행기를, 그 비행기가 지나온 거리와 시간과 구름들을 따라온 글들이었다. 나는 부엌으로 가서 어둠 속에 앉아 있었다. 엄마가 부엌에 왔다가 나를 보았지만 아무 말도 하지 않았다. 조용히 차 한 잔과 휴지 상자를 가져다주었을 뿐이다. 아침 해가 뜰 때까지, 침대 위의 이불들이 바스락거리기 시작할 때까지, 엄마와 나는 그대로 앉아 있었다.

hạc • 학鶴

그 뒤로 몇 주 동안 뢱은 사람들이 잘 쓰지 않는 말
들을 동원해 나를 위한 새로운 세계를 세워주었다. 그
중에 '나의 천사'는 오로지 나만의 말이 되었다. 내 머
릿속에는 매일 아침 8시 6분 내가 하루 일과를 시작하
는 시각에 듣는 뢱의 목소리만 맴돌았다. 때마침 연회
를 위한 음식 주문이 많아져 밤에 혼자 주방에 있을 때
가 많았기에, 나는 연근을 가늘게 썰면서 그 어린뿌리
에 구멍이 몇 개인지 뢱에게 말해줄 수 있었다. 마치 독
주회의 청중처럼 뢱은 전화로 들려주는 내 이야기에 귀
를 기울였다. 나는 가족 연회의 메뉴판 뒤에 적을 구절
들을 골라 그에게 의견을 묻기도 했다.

자선 모금을 위한 연회를 준비할 때였다. 문득 옛
날 중국어 시간에 '사랑하다'라는 단어에는 손, 마음,
발을 뜻하는 세 개의 표의문자*가 들어 있다고 배운 게

---

*　한자의 '사랑하다[愛]'는 심장[心]을 손으로 감싼(손톱 조爪 + 덮을
멱冖) 형태에 '걸어간다(천천히 걸을 쇠夊)'라는 의미가 붙어 있다.

166

떠올랐다. 선생님의 설명에 따르면, 사랑을 표현하기 위해서 심장을 손에 들고 있어야 하고 사랑을 건네기 위해서 사랑하는 사람에게 다가가야 한다. 쥘리가 그 설명을 붉은색 띠지에 인쇄했고, 내 아이들과 엄마, 그리고 홍의 딸과 쥘리의 딸이 수백 마리 종이학에 그 띠지를 붙였다. 종이학들은 천장에 매달려 있다가 연회가 시작되면 손님들에게 띠지를 건네주러 내려왔다. 그 띠지의 구절을 제일 처음 읽은 것도 뤽이었다. 나를 괴롭히는 낯선 감정들의 정체를 확인하기 위해 나는 그에게 보내는 학에 내가 제2의 피부로 삼은 그 글자를 가득 써 넣었다. 그렇게 절반쯤 고백해버린 사랑 선언에 대한 답으로 뤽이 초대장을 보내왔다. 파리의 레스토랑 몇 곳에서 일주일 동안 외국 요리사를 초빙해 함께 요리를 하고, 사흘 저녁 동안 고객들에게 서로 다른 지식과 솜씨가 만나는 향연을 제공하는 페스티벌을 열려 하니 참여해달라는 공식 초대장이었다.

아무도 뤽이 나를 초청한 진짜 이유를 몰랐기에 행사 소식을 듣고 모두 좋아했다. 엄마만 예외였다. 엄마는 성공은 예기치 못한 벼락을 불러올 수 있다고 말했다. 그래서 태어난 아기가 유난히 아름다울 때 일부러

흉한 이름을 고르는 거라고도 했다. 부모들이 그런 아이들에게 '난쟁이'나 '땅꼬마'라는, 혹은 돼지 꼬리를 빗대서 '코르크 마개 따개'라는 별명을 붙이고, 지인들이 모두 그 이름으로 부르며 흉하고 하찮은 아이라고 선언하는 이유는 하늘에서 세상을 내려다보는 신을 속이기 위해서라고, 그러지 않으면 떠도는 혼령들의 관심을 끌게 되고, 질투심 많은 혼령들이 아이를 저주할지 모른다고 했다.

sống • 살다

나는 차라리 나 자신을 속이기로 했다. 뤽과의 만남이 내 온 존재를 수렁에 빠뜨린 비극이자 참사이며 불행이라고 생각하려 애썼다. 내가 만일 신앙심 깊은 가톨릭 신자였다면 나 자신을 버리기 위해, 갑작스럽게 솟아난 욕망, 살고 싶다는, 늙을 때까지 살고 싶다는 욕망을 없애기 위해 거친 옷을 입고 고행이라도 했을 것이다. 자식들이 대학을 졸업하고 결혼한 뒤 손자들이 태어날 때까지 지켜보고 싶다는 어머니들을 많이 보았지만, 그 어머니들과 달리 나는 자식들의 삶의 여정이 한 단계씩 마침표를 찍는 자리에 내가 가 있는 모습을 상상해본 적이 없었다. 아이들을 끝까지 따라가려 하지 않고, 그저 강을 건너고 경계선을 건너가게 도와주는 다리 혹은 뱃사공이 되는 게 내 역할이라고 생각했다. 나는 항상 일상의 일들, 엄마로서 수행해야 하는 임무들, 그 불가능한 일들과 가능한 일들에 맞춰 살아왔다. 내 엄마가 그랬듯이 나 자신을 위한 목적을 가져본 적이 없었다. 하지만 어느새 나는 스스로 계획하고 욕망한 분명한 목적지로 나를 실어갈, 무엇보다도 나를 반

갑게 맞이하고 나를 환영하고 나를 받아줄 사람에게 데려갈 비행기에 올라 있었다.

nước tím • 보라색 물

공항 제3터미널에 내렸을 때, 뢱이 보이지 않았다. 예상한 몇 가지 시나리오 중 하나였다. 내 손은 본능적으로 핸드백 속에서 1950년대 후반부터 파리 교외 지역에 살고 있는 사촌 이모의 전화번호를 적어둔 수첩을 찾았다.

지난번 처음 왔을 때 이모를 찾아갔었다. 이모 부부는 여전히 혁명기 베트남에 살고 있었다. 이모부는 공산주의 병사들이 쓰던 녹색 군모를 쓰고 정원에서 농부들처럼 곡괭이질을 했고, 검은색 바지에 역시 짙은색 셔츠를 입은 이모는 옛날 베트남에서 과망간산칼륨을 탄 보라색 물로 살균해가며 허브와 상추를 씻던 때처럼 정원에서 따 온 체리를 한 알씩 문질러가며 닦았다. 이모는 엄마가 보냈던 편지들을 꺼내 보여주었다. 엄마는 마지막까지 이모와 정기적으로 편지를 주고받았다. 이모는 베트남어로 엄마는 프랑스어로 썼다. 엄마와 이모는 나이가 같았고, 엄마가 '차가운 어머니' 때문에 힘들어하던 시절에 속내를 털어놓던 사이였다. 내가 처음 파리로 떠나던 때 엄마는 아무런 설명 없이 이

모의 이름과 연락처를 건네주었다. 봉투 없는 엽서에
적힌 한마디가 전부였다. "내 딸을 소개할게. 자세한 설
명은 나중에."

bà con • 친척

이제는 등 굽은 할머니가 된 이모는 가족의 역사를 이어가기 위해 가죽 케이스에 들어 있던 낡은 사진기를 꺼내 나를 찍었다. 이모는 사진을 보내주겠다고 약속했고, 나 역시 엄마와 내 아이들 사진을 보내주기로 했다. 그때처럼 이번에도 연락 없이 곧바로 이모 집으로 가도 될 터였다. 누가 왔는지 묻지 않고 문을 열어주는 베트남에서 그랬듯이.

엄마는 나를 데리고 오랫동안 연락이 끊어졌던 엄마의 큰언니 집에 불쑥 찾아갔었다. 이모에게 닥칠 위험을 막기 위해 마침내 모습을 드러내기로 했을 때였다.

chính trị • 정치

엄마의 큰언니와 결혼한 남자는 이전 정부에서 고위 관료로 일하다 은퇴한 탓에 공산주의 치하에서는 인민의 원수였다. 게다가 넓은 주택에 사는 것만으로도 여러 가지 죄목으로 고발되던 시절이었다. 큰이모의 가족은 베트남이 쇠락하고 분열되고 타락하게 만든 자본가의 전형이었다. 그럴 때 엄마가 20년 만에 큰언니의 집에 나타난 것이다. 엄마의 큰언니는 말없이 우리를 맞아들여 그 집에 살게 해주었다. 마치 그동안 엄마가 몸만 떠나 있었을 뿐 자매가 늘 함께였던 것 같았다. 혹은 그동안 엄마가 집을 떠나 살아야 했던 이유를 시간이 다 설명해준 것 같았다. 혹은 자매의 얼굴에 잡힌 주름살 속에 헤어져 살아온 두 여인의 삶이 이미 적혀 있는 것 같았다.

혁명에 참여한 동지라는 엄마의 신분 덕분에 엄마의 가족은 살기 힘든 곳으로 추방되어 보리 배급으로 배를 채우면서 삽 하나로 땅을 개간하고 운하를 파야 하는 운명을 피할 수 있었다. 당시에는 그 척박하고 거친 땅을 시베리아 땅과 비교할 수 없었다. 돌아온 사람

174

들 말에 따르면 두 땅 모두 사람이 살아낼 수 없는 곳이었다. 그나마 살아 돌아온 이들은 길거리에서, 대부분은 옛날 자신들이 살던 집 앞에서 잤다. 그렇게 자신의 과거를 눈앞에 두고 사는 삶은 너무 고통스럽지 않았을까? 어쩌면 그들은 자신의 집을 새로 차지한 이가 동정심 때문에 옛 주인을 거두어 집 한구석을 내주리라 기대했을 수도 있다. 그래야 과거가 오점이 아닐 수 있고, 그래야 사진에서 문제의 인물들과 옛 정부의 깃발을 사인펜으로 지우지 않아도 되고, 무엇보다 그래야 과거를 현재에 통합시킬 수 있을 테니까.

quá khứ · 과거

핸드백에 손을 넣어 수첩을 찾고 있을 때 반대편 문 쪽에서 나를 향해 달려오는 남자가 있었다. 눈 깜짝할 사이에 그의 얼굴이 나타났고, 바로 그 순간에 나는 현재로 옮겨왔다. 과거 없는 현재로. 그는 멀찌감치 서서 나를 살피고 있었다. 그렇게 우리 사이를 시험해보고, 자신이 얼마만큼 버틸 수 있는지 알고 싶었던 것이다. 그의 인내심은 17초 만에 끝났다. 그는 그 17초가 영원 같았다고 말했다. 그리고 덧붙였다. "C'est l'évidence(자명한 이치다)."

나는 주변 사람들이 부정문으로 "Ce n'est pas évident(분명하지 않다)!"이라고 하는 말을 자주 들어봤지만, 긍정문은 처음이었다. 더구나 내가 들었던 말은 늘 '분명한évident'이라는 형용사였다. 보통명사 'évidence'의 경우 '증거' 혹은 어떤 믿음을 확인해주거나 반대로 파기시키는, 혹은 결론에 이르도록 도와주는 '일련의 사실들'이라는 영어의 정의가 내가 아는 전부였다. 프랑스어와 영어는 비슷해 보이지만 달라서 함정이 많았고, 나는 매번 그 함정에 빠졌다.

내가 프랑스어의 문법과 논리뿐 아니라 단어의 의미를 잘못 이해하는 경우도 많다는 사실을 뤽도 알았다. 한번은 노래 가사를 적어 보내면서 내가 좋아하는 구절 ― "J'ai échappé mon cœur(나는 내 심장을 떨어뜨렸네)"* ― 에 줄을 쳐놓았다. 그때 나는 대명동사 's'échapper'의 형태로 표현하거나 아니면 심장을 주어로 써야 프랑스어 문법에 맞는다는 사실을, 나를 주어로 삼아 내가 실수로 심장을 떨어뜨렸다고 'échapper' 동사를 사용하지는 않는다는 사실을 알지 못했다. 뤽은 내가 동사를 어떻게 잘못 사용했는지 자세히 설명해주었다. 그 뒤로 나를 위해 일부러 퀘벡 프랑스어를 사용하기도 했다. '자루걸레'를 'serpillière' 대신 'vadrouille'라고 부르고, '그 후에'라는 말을 'par la suite' 대신 'par après'라고 하는 식이었다. 뤽은 등산가를 안내하는 세르파처럼 나를 이끌고 프랑스어의 온갖

---

* 현대 프랑스어에서 동사 'échapper'(벗어나다, 빠져나가다, 멀어지다)는 타동사의 형태로 쓰이지 않는다. 퀘벡 프랑스어와 프랑스의 일부 방언에서 타동사의 형태로 '(실수로) 떨어뜨리다'의 의미로 사용된다.

에움길들을 헤쳐 나갔다. 마치 장미 꽃잎을 하나씩 떼어내듯 낱말에 담긴 의미의 뉘앙스를 한 겹 한 겹 벗겨 나갔다. 그는 프랑스어 단어 'évidence'에 대해서도 의미를 자세히 설명하고, 강조하고, 미처 예상하지 못했던 다양한 문맥 속에서 수많은 방식으로 표현해주었다.

뤽에 따르면 자기가 내 구두끈 버클 뒤에 갈고리가 있다는 사실을 안 것은, 그래서 마치 평생 해온 일을 하듯 망설임 없이 그 갈고리를 벗길 수 있었던 것은 'évidence' 덕이었다. 내가 움푹한 그의 쇄골에 입술을 가져다댈 권리, 그 자리를 나의 휴식처로 삼을 권리가 있다고 느끼게 된 것 역시 'évidence' 덕이었다. 엄마와 함께 수없이 많은 장소를 떠나면서도 단 한 번도 뒤돌아본 적 없던 내가 그 몇 센티미터 안에 나의 깃발을 꽂고 나의 영토로 선언하고 싶은 욕망을 느낀 것은 그때가 처음이었다. 뤽이 말하는 'évidence'가 아니었다면 내가 그와 함께 석양에 물드는 도시를 바라보며 에드윈 모건*의 시를 낭송했을까?

---

*   Edwin George Morgan(1920~2010): 20세기 스코틀랜드의 시인.

당신이 떠나갈 때

당신이 떠나버리면

그래서 죽고 싶어지면

그런 나를 구해줄 수 있는 건

그대가 내 품에서 잠들었던

모든 것을 내맡기고 감미롭게 잠들었던

그 순간 하나뿐이라네

밤이 저녁을 들이마셔 어두워질 동안

나는 가만히 있지

당신의 휴식이 끝날 때까지

혹은 가는 빗소리에 당신이 잠을 깰 때까지

당신의 꿈속에서도

저 비가 내렸냐고 내가 물으면

잠이 덜 깬 당신이 속삭이네

나를 사랑한다고*

* [저자 주] 에드윈 모건, 『새로운 시 선집 New Selected Poems』(Manchester: Carcanet Press, 2000). 쥘리 마카르 Julie Macquart가 프랑스어로 옮김.

da · 살갗

지금껏 애인의 품에서 잠이 들 정도로 스스로를 내 맡겨본 적이 없던 뤽이 내 곁에서 잠에 빠졌다. 내 경우 는 자야 할 때가 되면 언제든 곧바로 잠드는 법을 이미 배웠다. 내 눈꺼풀이 무대의 막처럼 내려와서, 내가 들 어가 있고 싶지 않은 풍경 혹은 장면을 가려버리게 하 는 것이다. 그래서 나는 손가락을 딱 소리 나게 한번 퉁 기면, 혹은 한 문장 끝나고 다음 문장으로 넘어가는 사 이, 혹은 내 마음을 상하게 할 말이 미처 나오기 전에 의 식 상태에서 무의식 상태로 넘어갔다. 그런데 이상하게 도 시간의 흐름에서 훔쳐낸 그 하루 동안에는 도무지 잠이 오지 않았다. 그날 나는 뤽의 살갗을 한 조각 한 조 각 뇌리에 새겨나갔다. 그의 몸을 뒤지면서 목, 팔꿈치 가 접히는 안쪽, 팔꿈치 뒤쪽, 무릎이 접히는 자리, 무릎 관절 뒤 오금, 무릎 뒤에 그려지는 H자…… 어린 시절 내 몸에 때가 끼어 있던 자리들의 주름을 세어보았다.

아이를 씻길 때 어머니들은 바람에 날아온 먼지를 아이 몸에 가두는 자리들을 잘 문질러야 했다. 그날 뤽 의 몸을 마치 펼친 도면을 연구하듯 살피다가 나는 문득 내가 아이들 몸에서 주름이 잡히는 자리들을 손가락으로 훑어본 적이 없다는 사실을 깨달았다. 내 아이들은 나와 달리 학교에서 돌아올 때 목 주위가 시커메진 적이 없었다. 몬트리올의 공기는 필터로 정화된 공기가 아닐까? 아니면 원래가 아무런 흔적도 남기지 않을 만큼 맑은 공기일까? 뤼의 하얀 살갗은 몬트리올의 공기처럼 맑았다. 눈꺼풀 위의 흉터가 개를 껴안고 뒹굴던 때를 말해주고, 여전히 스치기만 해도 소스라치게 만드는 발목 흉터가 무모했던 젊은 날을 이야기해줄 뿐이었다.

theo · 흉터

내 허벅지에는 보온병에 들어 있던 뜨거운 물이 쏟아진 흉터가 있다. 그 고통은 사라졌지만 화상 흔적이 피부에 남았다. 내가 컵을 들고 다른 아이가 마실 분유를 젓고 있을 때였는데, 혹시라도 내가 나눠달라고 할까 봐 불안했는지 그 여자애가 보온병을 쏟은 것이다. 아마도 실수였을 것이다. 엄마는 화상 입은 내 살갗을 보지 못했다. 엄마가 먼 곳에서, 어디인지 이름을 말할 수 없는 곳에서 돌아왔을 때는 이미 상처가 아물어 흉터로 변해 있었기 때문이다.

나 역시 엄마의 상처를 보지 못했다. 오른쪽 종아리에서 총알이 구멍을 낸 흔적을 보았을 뿐이다. 엄마는 그저 사고였다면서 나를 안심시켰다. 나는 엄마가 걱정하지 않도록 내 실수였다고 말했다. 우리는 더 이상 흉터에 대해 말하지 않았다. 엄마는 치마를 입지 않고 나는 미니스커트를 입지 않기 때문에 군이 말할 필요가 없었다. 남편은 내 몸의 흉터가 태어날 때부터 있던 반점이라고 생각했고, 내가 수영복 차림으로 풀장 주위를 걸어 다니거나 해변에 누워 일광욕을 한 적이

없으니 내 아이들의 눈에도 아무런 문제가 되지 않았
다. 오직 뤽만이 피부색이 살짝 다른 그 부분을 한참 관
찰하더니 그 모양이 세계지도를 닮았다는 것을 알아냈
다. 뤽은 그 지도 위에 자신이 나에게 오려면 지나야 할
여정을 그렸다. 하지만 그 전에 가야 할 곳이 있었다. 내
가 갈 수 없는 곳, 그가 아내와 함께 가야 하는 아이들
학교의 학부모 모임이었다.

ngủ · 잠자다

나는 뤽이 계단을 내려가는 소리에 귀를 기울이다
가 발코니로 달려 나갔다. 그리고 까치발로 난간 위에
몸을 숙인 채 그가 나오기를 기다렸다. 그런데 뤽이 다
시 방으로 올라왔다. 나는 그가 갈 수 있도록, 계속 좋은
아버지일 수 있도록 차까지 배웅했다. 그리고 나를 버
려두는 게 아니라고, 그의 등 자국이 침대에 그대로 남
아 있다고, 깜빡 잠들었다 깨어나서 나를 찾던 팔 모양
도 베개에 그대로 남아 있다고 말해주었다. 그가 그렇
게 깨어나 나를 찾던 때, 나는 그의 숨결이 느껴질 만큼

가까이, 그의 잠을 방해하지 않으면서 지켜볼 만큼 멀리 앉아 있었다.

나는 이불 안으로 들어갈 때나 바깥으로 나올 때 소리 내지 않는 법을 배웠다. 남편이 잠귀가 밝아 잘 깼기 때문이다. 처음 함께 살기 시작했을 때 남편은 긴 원통형 쿠션을 만들어달라고 했다. 어릴 때 늘 그런 쿠션을 팔과 다리로 감싸 안고 잔 것이다. 사람 크기의 그 쿠션만이 마음을 편하게 해주었고, 할아버지 꿈을 꾸지 않게 해주었기 때문이다. 남편의 할아버지는 한밤중에 수시로 손자들을, 가족 소유의 토지에 사는 자손들을 사당에 불러 모아놓고는 자신이 아내를 훈계하는 동안 모두 무릎 꿇고 앉아 함께 듣게 했다. 남편의 할아버지는 군인이었고, 집안에서도 군대에서와 같은 권위를 행사했다. 하늘을 찢고 수많은 사람의 운명을 찢는 명령을 눈 한 번 깜빡하지 않고 아무렇지도 않게 내릴 수 있는 사람답게 가족 모두에게 절대적인 복종을 요구했다. 남편은 잠든 동안에도 신경이 날카로웠다. 내가 조금만 움직여도 화들짝 놀라 깨어나서는 겁에 질린 눈으로, 자기 곁에 왜 내가 누워 있는지 의아하다는 표정으로 멍하니 쳐다보았다. 뤼은 내가 곁에 있어서가 아니라 무의식적으로 내가 없어진 느낌 때문에 놀라서 그런 겁에 질린 눈으로 나를 바라보았다.

xèo • 지글지글!

뤽과 내가 손님들에게 베트남 메뉴를 선보이던 날, 그의 레스토랑 안에는 세 개의 작은 섬이 설치되었다. 섬 하나에는 부레옥잠을 엮어 만든 커다란 쟁반들에 스프링롤의 재료들, 그리고 말린 소고기를 쌀 술에 재우고 통깨 옷을 입혀 아주 약한 불에 열 시간 동안 구운 육포를 곁들일 그린파파야 샐러드의 재료들이 놓여 있었다. 젊은 베트남 여인 두 명이 허리까지 트인 실크 블라우스 차림으로 꽃피는 아가씨들의 자신감을 풍기며 더운 나라 특유의 느릿느릿한 동작으로 스프링롤을 말았다.

두번째 섬에는 장대 지게에 거는 바구니 네 개가 놓여 있고, 그 바구니들에는 각기 그릇들, 국수, 그리고 국수 국물을 담은 큰 주전자 두 개가 들어 있었다. 주전자 하나는 옛 제국의 수도로 황제와 고관들의 기호에 맞춰 개발된 세련된 요리를 자랑하던 도시 후에에서 구해 온 물건이었다.

세번째 섬은 내가 강황 섞은 쌀가루 반죽에 돼지고기와 새우를 넣고 부치도록 마련해놓은 자리였다. 무엇보다 반죽이 팬의 바닥과 옆면에 아주 얇게 동시에 퍼져야 하기 때문에 손목의 유연성과 빠른 움직임이 필요한 일이었다. 이름 자체가 열에 닿은 액체가 튀는 소리를 환기하는 '반쌔오 bánh xèo'*는 센 불에서 익혀야 하지만 그렇다고 기름이 끓어오르면 안 된다. 그 안에 숙주나물과 녹두콩을 수북이 채운 뒤 내용물이 부서지지 않도록 반으로 잘 접어내는 데 반쌔오의 성패가 달려 있다. 완성된 반쌔오 첫 조각을 자를 때마다 나는 늘 긴장했다. 하지만 뤽을 위해 만든 반쌔오를 자를 때는 아무렇지도 않았다. 나는 그에게 새가 날갯짓 한 번 하는 짧은 순간에 얇은 껍질이 입안에서 녹아 사라져버리는 느낌을 맛보게 해주고 싶었다. 두번째 조각은 그의 혀 위에 쓴맛과 신선한 맛이 아주 살짝 느껴질 수 있도록 재빨리 겨자 잎으로 쌌다.

---

* 베트남어로 '반bánh'은 '빵, 케이크'를 뜻하고, '쌔오xèo'는 기름이 달궈졌을 때 나는 '지글지글' 소리를 말한다.

gương • 거울

손님들이 식사를 하는 동안 뤽은 테이블마다 다니면서 큼직하고 부서지기 쉬운 반쌔오는 손으로 먹는 편이 낫다고 설득했다. 아무리 손님이 많아도, 기름이 지글거리는 세 개의 웍팬에서 눈을 뗄 수 있는 시간이 매번 0.5초에 지나지 않아도, 나의 눈길은 매번 먼 쪽 테이블에서 포도주 병을 따고 있거나 입구 쪽에서 단골 여자 손님에게 인사를 하고 있는 뤽의 눈길과 마주쳤다. 우리가 시간을 정지시켜버린, 우리가 함께하는 방에 걸려 있던 거울에서 그랬던 것처럼 나는 그의 눈길 속에서 내 얼굴을 알아보았다. 몬트리올 집에는 거울이 별로 없었다. 하나는 너무 높이 걸려 있고, 하나는 눈에 잘 띄지 않고, 나머지 하나는 귀신들이 들어오지 못하도록 남편이 현관문에 걸어놓은 작은 거울이었다. 귀신들이 거울에서 자기 모습을 보면 놀라 도망간다고들 하지만, 나 역시 그 거울에 내 모습이 보일 때마다 나 자신이 생각하는 나와 너무 다른 낯선 모습에 소스라치게 놀라곤 했다. 하지만 뤽과 함께 있을 때의 내 얼굴은 'évidence(자명한 이치)'로 나와 닮았다. 뤽은 그날까지

음화陰畫로만 존재하던 내 얼굴을 사진으로 만들어준 현
상액이자 정착액이었다.

.

ngã • 추락

파리 일정을 마치고 돌아오는 비행기 안에서, 나를
뤽으로부터 또 우리로부터 그리고 나로부터 잘라내야
했던 그 끔찍한 여섯 시간 동안 나는 울었다. 공항에서
집까지 가는 길에도 계단이 너무 높아서, 문이 너무 좁
아서, 단어가 너무 길어서, 세 번이나 발이 허공에 뜬 듯
정신이 멍해졌다. 다행히 내가 도착했을 때 집 안은 숙
제, 무용 수업, 하키 훈련, 식당 일 같은 익숙한 일상이
와글거리고 있었다. 삶이 나를 추락하지 못하게 붙잡아
준 것이다. 그리고 아틀리에 책상 위에서 나를 기다리던
뤽의 편지가 나를 넘어지지 않게 잡아주었다. 봉투 안에
는 뤽이 연필로 자기 왼손 윤곽을 따라 그린 뒤 그 가운
데 써놓은 한마디—"집에 왔네."—가 전부였다. 내가
파리에 도착한 이튿날, 귀국할 때 몬트리올에 연착륙할
수 있도록 뤽이 미리 내 집으로 부쳐놓은 편지였다.

그 뒤로 며칠 그리고 몇 주 동안 뤽이 사진을 보내
왔다. 한 할머니가 장바구니 캐리어를 인도로 끌어올리
는 것을 돕느라고 걸음을 멈추었을 때, 문고리를 새로
바꾸고 나서, 개양귀비가 피어 있는 제당공장 근처 카

페에 들어가면서 찍은 사진이었다. 우리는 살아가는 곳이 아닌 다른 곳에도 가 있고 싶어서 각자 머물고 있는 두 세계를 포개놓고 두 대륙을 옮겨놓았다. 우리를 삼키려고 몰려오는 토네이도가 양쪽 땅을 유린하지 못하도록, 우리가 20년 가까이 잔가지 하나씩 모아가며 지어 올린 둥지들을 파괴하지 못하도록, 우리는 여러 가지 시나리오를 짜냈다.

sinh nhật • 생일

엄마가 출생신고를 하러 가서 아무렇게나 고른 내 생일을 맞아 뤽이 스물네 시간을 선물했다. 요리 워크숍 때문에 퀘벡시로 가야 했던 나를 만나러 온 것이다. 우리는 밤새도록 그의 긴 대퇴골을 나의 대퇴골에 대어보며 길이를 쟀고, 그의 몸을 다 덮으려면 몇 번의 키스가 필요한지 세어가며 나의 몸을 덮는 데 필요한 키스의 수와 비교했다. 무엇보다 그가 나타날 때까지 내가 얼마나 초조하게 기다렸는지 이야기하면서 웃었다. 그가 방으로 들어설 때, 그때까지 욕실에 걸린 가운 뒤에 숨어 있던 나는 문 열리는 소리가 나자마자 곧바로 뛰어나왔다. 나는 도움닫기도 없이 곧바로 그의 목으로 뛰어올랐다.

쥘리가 나를 데려갔던 수업 중에 사다리에 올라가 뒤로 몸을 던지면 뒤에서 다른 사람이 받아주는 훈련이 있었다. 몇 차례 시도했지만 나는 성공하지 못했다. 만일 다시 그렇게 해야 한다면, 뤽을 향해 내 몸을 던지는 그 순간처럼 아무런 생각 없이, 눈을 감고서 그대로 할 수 있으리라.

그날 밤 마치 앞으로도 우리가 온전히 함께 살 수 있기라도 한 듯 몇 번이나 잠에 빠졌던 게 후회스럽다. 눈을 뜰 때마다 흔들림 없이 다정한 뤽의 눈길과 마주쳤으니, 아마도 뤽은 한숨도 자지 못했을 것이다. 동이 트자마자 우리는 밖으로 나가 이슬의 향기를 맡았다. 그리고 내가 좋아하는, 그와 함께 파리의 생외스타슈 성당 계단에 앉아 배와 피스타치오가 들어간 부르달루 파이*를 맛보기 전까지 가장 좋아했던 당근 머핀의 향내를 맡았다.

다음 날 오후 떠날 시간이 되자 뤽은 내 머리카락을 뽑아 자기 재킷의 올 사이에 하나, 청바지 오른쪽 주머니 제일 안쪽에 하나 꿰매달라고 했다. 기차에 오르기 전 그는 나의 손바닥에 글씨를 쓰면서 자기도 앞으로 나처럼 시트의 차가운 느낌과 하얀색을 좋아하겠노라 맹세했다. 잠시 후 그가 돌연 열차에서 내리더니, 택시를 타면 우리가 30분 동안 더 같이 있을 수 있다고 했

---

*   서양 배를 넣은 파이로, 파리의 부르달루 거리에 있던 제과점에서 처음 만들어 팔았다.

다. 그렇게 주어진 30분 동안 우리는 내가 다시 프랑스에 갈 수 있도록 이번에는 지방의 레스토랑 두 곳에서 초청하는 계획을 세웠다.

ruồi son • 체리 혈관종

    나는 다시 프랑스에 다녀왔고, 그 뒤에도 두 번 더 다녀왔다. 나는 뢰의 피부에 있는 빨간 점들에 입을 맞추면서 그 하나하나를 우리의 가장 중요한 존재 이유인 가족과 친구들에게 상처주지 않으면서 우리가 같이 있을 사랑의 장소로 삼아 이름을 붙였다. 나는 그의 몸에서 빨간 점들을 세어보았다. 베트남에서는 행운을 가져온다고 믿는, 특히 짙은 피부색에는 드물기 때문에 소중히 여기는 점이었다. 그리고 내 노란색 손바닥을 그에게 보여주었다. 그는 '체모가 적은' 나의 '피부 결'에 대해 말했다. 나의 어휘 목록에 더해진 그 두 말은, 이미 아는 것 중에 뢰으로 인해 새로운 의미를 부여받은 '종속'과 '식도락'이라는 단어 곁에 놓였다.

va-li • 여행 가방

파리에서 마지막으로 만났을 때, 서둘러 내 여행 가방을 함께 꾸리던 뤽이 불쑥 질문을 던졌다. "다음 주에 내가 당신 문 앞에 나타나면 어떨 것 같아?" "재앙이지." 나는 하던 일을 계속하며 반사적으로 대답하고 그에게 키스를 했다. 뤽은 진심으로 물었는데, 나는 미처 몰랐다.

đinh · 못

그가 마음속으로 많은 눈물을 흘리고, 미처 말할
수 없는 말들을 혼자 마음속으로 되뇌면서 상처받는 동
안 나는 몰랐다. 그의 질문이 무슨 의미였는지, 내 대답
이 어떤 결과를 초래했는지를 깨달았을 때는 너무 늦었
다. 내 관에는 이미 뚜껑이 덮였고, 그의 아내가 전화를
걸어와 건넨 말이 마지막 못을 박았다. "그를 떠나지 않
아요. 알겠어요? 난 안 떠나요."

전화를 받던 그날, 나는 어느 결혼기념일 연회를
위해 열 가지 양념을 넣은 도미찜 — '까쫑cá chưng' —
을 준비하고 있었다. 주방 작업대 위에는 카펠리니,* 목
이버섯, 표고버섯, 소금물에 절인 풋콩, 다진 돼지고기,
당근, 얇게 채 친 생강, 썰어놓은 고추까지 모든 재료가
준비되었고, 장식용 백합들만 남아 있었다. 나는 꽃잎
이 조리 과정에서 떨어지지 않도록 일일이 묶어주었다.

---

*   이탈리아어로 '머리카락'이라는 뜻으로, 아주 가느다란 파스타 면을
말한다.

그 동작을 되풀이하면서, 아무도 모르게, 달콤한 노래
를 부르는 뤽의 목소리를 떠올렸다. 그의 아내가 전화
하리라고는 단 한 번도 생각하지 못했다. 전화를 받는
순간 나는 돌처럼 굳어버렸다. 그 뒤로 백합의 암술을
제거하고, 도미에 곁들일 채소를 얹고, 그것들을 전부
커다란 구멍이 있는 중탕냄비에 집어넣던 내 손의 모습
은 떠올릴 수 있지만, 나머지는, 그 뒤의 일은 아무것도
기억나지 않는다.

xé lòng • 가슴앓이

엄마는 어릴 때 가톨릭 수녀들이 운영하는 학교에
서 공부했다. 그래서 성경에 나오는 이야기들을 잘 알
았고, 하고 싶은 말이 있거나 가르침을 주고 싶을 때면
성경 이야기를 잘 인용했다. 내가 주방을 청소한 뒤 문
단속을 하기로 한 그날, 나와 같이 남아 있던 엄마는 조
용히 솔로몬의 재판 이야기를 들려주고 나서 계단을 올
라갔다.

나는 무릎을 꿇고 바닥에 솔질을 하면서 펑펑 울었

다. 칼들도 전부 갈았다. 랜턴을 들고 정원에 나가 시든 꽃과 잎을 따냈다. 그리고 무엇보다 숨을 참았다. 나 자신을 반으로 자르기 위해, 뢰에게서 나를 잘라내기 위해, 나의 한쪽을 죽이기 위해서였다. 그렇게 하지 않으면 뢰은 전체가 죽게 될 테니까. 둘로, 일곱 조각으로 찢기고, 그의 아이들까지 상처 입혀가며 결국 산산조각 날 테니까.

thu · 가을

나는 시간이 아주 많이 필요한 까다로운 요리를 만
드는 것으로 피난처를 삼았다. 쥘리는 나의 거창한 계
획을 듣더니 말없이 일정을 조정하고 일상의 일들을 줄
여주는 것으로 지지해주었다. 베트남 새해 뗏Tết을 맞
아 나는 며칠 밤을 새워가며 닭을 자르지 않고 뼈만 발
라낸 뒤 속을 채워 넣고 다시 꿰맸다. 그리고 귤이 주렁
주렁 달린 커다란 귤나무를, 자정에 열매를 딸 사람들
을 위해 귤 꼭지마다 기원문이 적힌 종이를 말아서 내
가 사는 지역의 절에 기부했다. 음력 8월의 추석에는 네
모난 빵과자 ── '반쭝투bánh trung thu'* ── 를 만들기로 했
다. 반쭝투는 베트남 사람들이 추석 때 빨간 등불을 들
고 거리를 쏘다니는 아이들을 바라보면서 먹는 음식이
다. 속재료는 취향에 따라, 그리고 얼마만큼 시간을 들
일 것인가에 따라 달라진다.

---

*   중국, 베트남 등에서 추석 때 먹는 동그란 떡과자. 달처럼 생긴 떡이
    라는 뜻에서 '월병月餠'이라고 한다. 베트남어로 '반bánh'은 '빵'을,
    '쭝투trung thu'는 중추中秋를 뜻한다.

나의 시간은 영원했다. 아무것도 기다리지 않으니 나의 시간은 무한했다. 그래서 나는 여러 종류의 견과류와 볶은 수박씨로 속을 만들기로 했다. 우선 단단한 껍질을 벗겨야 한다. 힘껏 깨야 하지만, 섬세한 속살을 건드리지 않으려면 힘 조절을 잘해서 알맞은 순간에 멈춰야 한다. 안 그러면 속살까지, 마치 잠에서 깨어나는 순간 사라지고 마는 꿈처럼 순식간에 전부 깨져버린다. 워낙 품이 많이 드는 일이기에 그 일을 하는 동안 나는 더 이상 존재하지 않는 나의 세상으로부터 벗어날 수 있었다.

다행히 베트남어 동사에는 시제가 없다. 동사는 늘 부정법으로, 현재형으로 주어진다. 그렇기 때문에 '내일' '어제' '앞으로' 같은 말을 덧붙이는 것만 잊으면 뤽의 목소리가 다시 울리게 만들 수 있었다.

마치 우리가 평생을 함께 살아낸 것 같았다. 난처한 상황이면 하늘로 향하던 그의 오른쪽 검지, 블라인드 그늘에서 쉬던 그의 몸, 아이들을 따라 뛰어갈 때 그의 목을 감싸던 로열 블루 빛 커다란 머플러, 모두 눈앞에 그대로 그려 보일 수 있었다.

thẻ bài • 군번표

뢱의 부재는 뢱과 함께 '우리'를 사라지게 했고, 또한 나의 한 부분, 상당히 큰 부분까지 사라지게 했다. 파리에서 제일 오래된 아이스크림 집에서 열 가지 맛의 소르베를 맛보면서 소녀처럼 웃던 내가 사라졌고, 그가 등에 사인펜으로 써놓은 말을 보기 위해 벗은 몸으로 대담하게 거울 앞에 서던 나도 사라졌다. 이따금 욕실의 거울 앞에 나무 발판을 놓고 올라가서 보면 등에 흐릿한 글씨 자국이 남아 있는 것 같다. 척추를 따라 위에서 아래로 읽으면 'ruoma'이고, 반대로 아래에서 위로 읽으면 'amour'다.*

엄마가 나선 것이 그때부터 얼마의 시간이 지난 뒤였는지는 정확히 기억나지 않는다. 엄마는 나를 자신의 방으로 데려간 뒤 완전히 깜깜한 그곳에서 자라고 했다. 그러면서 차 마실 때 곁들이는 비스킷만 한 작은 쇠붙이 하나를 내 손에 쥐어주었다. 10대의 엄마에게 시

---

* 'amour'는 프랑스어로 '사랑'을 뜻한다.

를 건네준 프엉의 군번표 두 개 중 하나였다. 이름과 함께 기본적인 신상 정보가 돋을새김된 그 명찰 두 개는 항상 목에 걸고 있어야 하는 것이었다. 전투 중에 사망하게 되면 동료가 하나를 뜯어내 부대로 가져올 터였다. 전장으로 떠나기 전 프엉은 군복 차림으로 엄마를 찾아와서 그 하나를 건네주었다. "살지 못한 삶"을, 다시 찾으러 오지 못한다면 영원히 꿈으로 남을 꿈을 엄마에게 바친 것이다.

해가 가고 또 가는 동안 엄마는 논 옆에 혹은 갈대들 사이에 버려진, 똑바로 놓여 있기도 하고 뒤집혀 있기도 한, 비어 있기도 하고 빗물이 가득 차 있기도 한 군모들을 볼 때마다 가슴이 무너져 내렸다. 동지들을 따라 계속 걸어야 하는 상황이 아니었다면 아마도 그 군모들 옆에 무릎을 꿇고 다시는 일어서지 못했을 것이다. 다행히도 침묵 속에 일렬종대로 걸어가던 동지들이 엄마를 서 있게 해주었다. 자칫 잘못 움직였다가는 지뢰가 터지고, 그러면 대포가 진창길에 빠지지 않도록 그 바퀴 앞에 엎드릴 준비가 되어 있는, 나라를 위해 희생할 준비가 되어 있는 병사들의 목숨이 위험해질 수 있었기 때문이다.

hy sinh • 희생

정글에서 돌아온 엄마는 프엉을 만나러 갔다. 프엉은 연로한 부모, 그리고 젖먹이 아들과 살고 있었다. 그는 의사가 되었고, 마을 사람들의 존경과 사랑을 받는다고 했다. 그날 정오에 엄마의 눈앞에서 프엉은 낮잠을 자려고 야자나무 그늘의 해먹에 누웠다. 상의를 벗어 나뭇가지에 거는 그의 목에 여전히 군번줄이 걸려 있었다. 엄마는 프엉이 잠드는 것을 지켜보았고, 그가 깨어날 때까지 그대로 서 있었다. 프엉이 팔을 움직이자 엄마는 그가 일어나려는 줄 알았다. 하지만 프엉은 계속 누운 채로 나뭇잎이 바람결에 살랑대는 소리, 연못에서 잉어가 튀어 오르며 물이 찰랑이는 소리를 들었다. 그렇게 일상의 평화로운 고요 속에서 프엉의 손이 군번줄의 잠금 고리를 더듬었다. 그리고 그 고리에는 프엉이 떠나던 날 엄마가 머리에 묶고 있던 것을 풀어 건네준 리본이 감겨 있었다. 엄마의 어린 이복 자매들이 쓰던 것처럼 새틴 리본이 아니라, 계모가 버린 토막 자수 실을 수백 개 모아서 꼬아 엄마가 직접 만든 리본이었다.

프엉이 돌아보았다. 그가 누운 쪽으로 다가가는 대신 뒤돌아서 두 걸음을 옮긴 엄마의 발자국 소리 때문이었다. 엄마는 프엉이 일어나 다시 병원으로 들어갈 때까지 뒤돌아선 채로 움직이지 않았다. 그리고 다시는 그곳에 가지 않았다. 사랑 때문이었다.

ăn sáng • 아침 식사

그날 밤 나도 엄마도 잠을 이루지 못했다. 이튿날 아침에 나는 혼자 조용히 자고 싶어 하는 남편을 깨우지 않으려고 최대한 소리를 죽여가면서 평소처럼 아이들의 아침 식사를 준비했다. 그리고 현관문에서 아이들에게 도시락을 건네주었다. 평소와 다르지 않은 일이었지만, 내 등 위쪽을 어루만지는 뤽의 손길이 느껴진 그날 아침에 나는 아이들의 눈높이에 맞춰 몸을 숙이고 꼭 안아주었다. 뤽이라면 내 아이들에게 그렇게 했을 것이고, 그는 자기 아이들에게 매일 아침 그렇게 했다.

그리고 다시 이튿날, 나는 아이들의 샌드위치 도시락에 뤽이 내게 보내는 편지에 서명처럼 꼭 쓰던 말을 써 넣었다. "사랑해, 나의 천사."

나는 이제 내 머리카락 한 올 한 올을 사랑해주던 뤽의 몸짓 그대로 딸의 머리카락을 빗겨준다. 아들의 등에 크림을 발라줄 때는 뤽의 목을, 그 살갗을 애무할 때처럼 한다.

어느 날 오후에 나는 쥘리와 팔짱을 끼고 베트남 피부 미용사를 찾아갔다. 언젠가 그녀는 자신이 '운명

을 읽는' 점쟁이가 말해준 전략적 장소에 문신으로 붉
은 반점을 만들어주는 사람이라고, 손님들은 그런 자기
한테 운명을 따돌리는 힘, 새로운 행운을 불러올 힘이
있다고 믿는다고 말했다.

yên lặng • 고요

그녀를 찾아간 첫째 날, 나는 이마가 끝나고 콧등이 시작되는 지점에서 왼쪽 1센티미터 자리에 붉은 점을 만들었다. 오른쪽 허벅지 안쪽에 점을 만들기 위해 두번째로 찾아간 것은 푸른 하늘을 바라보며 비행기가 지나간 흔적을 찾을 이유가 필요했던 날이었다. 세번째로 간 것은 뤽이 반지와 함께 보내준 사전을 넘기다가 책장 사이에서 우연히 일본 단풍나무 잎을 발견한 날이었다. 우리가 함께 반지를 고른 가게에 단풍나무 분재를 키우는 실내 정원이 있었고, 내 손가락에 맞춘 반지를 찾기 위해 한 달 후 다시 찾아간 뤽이 주인에게 부탁해서 딴 잎이었다. 내가 그녀를 네번째로 찾아간 날은 눈이 하늘하늘 내렸다. 굵은 눈송이 하나가 내 코끝에, 뤽이 입술로 눈송이를 없애주던 자리에 떨어졌다.

그렇게 나는 뤽의 몸 어디에 있는지 외우고 있던 빨간 점들을 내 몸에 옮겼다. 점들이 모두 그려지고 나면 그 점들을 이어 내 몸에 뤽의 운명의 지도를 그릴 수 있을 것이다. 그날이 되면 그가 내 문 앞에 나타날 것이고, 늘 그렇듯이 본능적으로 내 손을 잡을 것이다. 그리

고 내가 "재앙이지"라고 말하기 전에 키스로 내 입을
막을 것이다.

옮긴이의 말

인내nhẫn와 충만함mãn 사이, 몸에 새겨지는 사랑

1968년 사이공에서 태어난 킴 투이는 열 살 때 가족과 함께 베트남을 떠나 말레이시아 난민 수용소를 거쳐 퀘벡에 정착한 '보트피플' 이주민이다. 변호사, 레스토랑 경영 등 작가와는 거리가 먼 삶을 살다가 2009년 마흔 살에 발표한 첫 소설『루ru』가 퀘벡과 프랑스에서 베스트셀러가 되었다. 킴 투이의 두번째 소설로,『루』와 마찬가지로 이미 20여 개 언어로 번역된『만』은 현재 퀘벡에 살고 있는 베트남 여인이 1인칭 화자로 베트남과 퀘벡(그리고 파리)을 오가며 자신의 삶을 돌아보는 서술적 특성도 전작과 비슷하다.

하지만 인물들의 이름만 바뀌었을 뿐 작가의 '이주' 이야기를 거의 그대로 담아낸『루』의 주인공과 달리『만』의 주인공은 적어도 외적인 조건은 저자와 많이 다르다. "생물학적 아버지"를 알지 못하는 그녀는 외모가 눈에 띄게 이국적이고, 어머니가 셋이다. 아마도 식민지 관리였을 프랑스 남자에게서 아이를 얻고 버린 어머니, 버려진 아이를 거두어준 승려였던 어머니, 그 아이를 다시 받아들여 '엄마'가 되어준 어머니. 세번째 어머니는 자신이 죽은 뒤 딸이 혼자가 되지 않도록 돌봐줄 남편을 찾아주려 하고, 그렇게 주인공은 퀘벡에서 작은 식당을 운영하는 보트피플 출신의 베트남 남자와 중매결혼을 하며 퀘벡 땅에 첫발을 디디게 된다. 이후 그녀는 그릇 하나마다 베트남인들의 이야기가 담긴 음식으로 서서히 손님들을 매료시키면서 남편의 작은 식당을 퀘벡에서 베트남을 대표하는 유명한 레스토랑으로 키워낸다. '만mãn'은 그녀의 이름이자 레스토랑의 이름이다.

이처럼 『만』의 이야기는 『루』와 달리 저자와 전혀 다른 허구의 인물을 주인공으로 내세웠지만, 실제로 킴 투이가 몬트리올의 코트데네주 거리에서 5년간 베트남 레스토랑 '루 드 남Ru de Nam'을 운영했고, 책 속에서 만이 파리까지 진출하는 계기가 된 요리책 『장대 지게』를 출간한 것과 마찬가지로『베트남 여인들의 비밀 *Le secret des Vietnamiennes*』(2017)이라는 요리책을 출간했음을 기억하는 독자들에게『만』의 주인공은 킴 투이의 분신이 될 수밖에 없다. 전작『루』가 베트남에서 퀘벡에 뿌리내리기까지의 이야기라면,『만』은 저자의 자전적 경험 중에 특히 식당 경영의 체험을 바탕으로 한 책이다.

『루』가 격동기의 역사를, 특히 남북으로 갈라져 있던 두 베트남의 전쟁 이야기를 담아냈다면,『만』의 경우 전쟁은 좀더 흐릿한 배경으로 주인공의 삶 뒤에 펼쳐진다. "눈이 옆으로 찢어진 학생들에게 '우리 조상 골루아'라고" 가르치던 정부에 맞선 저항군이 식민지 시대 비극의 증인이라면(만의 세번째 어머니가 그 저항에 발을 디디게 된 계기가 신념이 아니라 우연이라는 사실은 아이러니를 통해 그 비극성을 강조한다), "낯선 사람들의 손길이 딸의 블라우스에 남긴 땀 냄새"를 맡지 않기 위해 퀘벡에 온 베트남 여인 홍은 북베트남의 승리로 끝난 전쟁이 남베트남 사람들에게 안긴 상처의 증인이다.

이렇게 역사적 사건들이 한 걸음 뒤로 물러선 자리, 그 무대의 전면에 자리 잡은 것은 역사의 부침 속에

서도 변하지 않고 이어져 내려오는 베트남의 색깔과 향
기다. 그것은 화염목과 부겐빌레아가 피어 있고, 구장
과 빈랑의 전설로 영원한 결합을 되새기고, "삶을 떠나
지 못하고 죽음을 엿보는" 혼령들을 위로해주는 베트
남이다. 그렇게 『만』은, 『루』보다 조용하지만 좀더 강
렬하게 베트남의 내밀한 속살을 드러낸다. 그 중심에
놓인 것은 베트남 음식이다. 만의 하얀 피부가 환기하
는 출생의 "부도덕한 이야기"를 감싸 안는 '반꾸온bánh
cuốn', "새가 날갯짓 한 번 하는 짧은 순간에 얇은 껍질이
입안에서 녹아 사라져버리는" '반쎄오bánh xèo', "수많은
사랑 이야기가 태어"나는 자리를 함께하는 '쩨chè', 바나
나 잎에 싸여 익어가는 냄새만으로 두고 온 고향의 명
절을 되살리는 '반뗏bánh tét', 누군가에게는 베트남과 동
의어가 된 강렬한 냄새의 '느억맘nước mắm'까지, 모든 음
식은 그 향과 색을 통해, 무엇보다 그 하나하나에 담긴
이야기를 통해 역사의 기록이 다 담아내지 못한 베트
남을 그려낸다. 여러 음식에 들어가는 땅콩은 "늘 있기
때문에 거의 눈에 띄지 않는" 베트남 여인들을 닮았고,
'서우리엥sầu riêng'('개인적인 슬픔'이라는 뜻이다)이라는
이름을 가진 나무의 열매 두리안은 "두꺼운 껍질 아래

따로따로 밀폐된 방들에 봉인된 과육"처럼 가슴속에 묻혀 있는 베트남 여인들의 슬픔을 닮았다.

『루』에서 '평온'하고 때로 경쾌하기까지 했던(아마도 더 고통스럽고 더 무거운 이야기를 해야 했기 때문일 것이다) 어조에 비해 『만』의 화자는 좀더 나지막하고 차분한 목소리로, 때로 초탈한 듯한 조용한 목소리로 말한다. 또한 『만』은 『루』와 마찬가지로 시간적 순서를 따르지 않고 화자의 생각과 기억의 흐름을 따라 현재와 과거를 오가는 짧은 단장들로 이루어지고, 하나의 끝이 다른 하나의 시작을 부르면서 그 단장들이 부드럽게 이어진다는 특징도 같다. 단지 이번에는 단장마다 제목이 달려 있고, 그 제목은 베트남어로 프랑스어 번역과 함께 주어진다.

제목은 단장의 주제를 함축하는 추상명사보다는 일화를 상징적으로 대변하는 물건일 때가 많다. 예를 들어 남편이 새로운 세상에 데려가 줄 '은인'으로 찾아온 날의 제목은 그가 선물로 들고 온 「quạt máy(선풍기)」이고, 처음 단둘이 있을 때 남편이 벤치에 화염목의 선홍색 꽃잎을 밀어내며 자기 자리만 만들던, 그래

214

서 앞으로 영원히 혼자일 것을 예감하는 단장의 제목은 「hoa phượng(화염목)」이다. 하지만 "프랑스 인형"을 닮은 만의 출생을 이야기하는 단장은 그녀의 피부색과 "투명하고 고운 종이처럼" 변해가는 쌀가루 반죽의 색깔을 아우르는 「trắng(하얀색)」이고, 베트남어로 '분홍색'을 뜻하는 '홍'이라는 이름을 가진 여인의 삶을 이야기한 단장은 「hồng(분홍색, 때로는 붉은색)」이라는 함축적인 제목을 통해 그 분홍색의 슬픔이 너무 커서 혹은 그 슬픔을 이기려는 의지의 힘으로 '붉은색'으로 짙어지는 변화를 담아낸다.

『루』가 고향을 떠나 낯선 나라에 정착한 이주 과정을 회고한 이야기라면, 『만』은 무엇보다 자신의 삶에 다가와준 사람들을 향한 사랑의 이야기이다. 우선 퀘벡에 와서 만난 두 사람, 자발적인 감정을 드러낼 수 있게 해준 '햇살' 같은 베트남 청년과 식당 주방의 사각 창을 처음 들여다보아준, 아무것도 묻지 않고 손을 내밀어준 퀘벡인 친구 쥘리가 있다. 그들은 "배경 속에 녹아들어 눈에 띄지 않는" 방식으로 살아온 만을 세상 밖으로 꺼내준 이들이다. 파리에서 만난 프랑스인 연인 뤽 역시

"음화陰畫로만 존재하던" 그녀를 "사진으로 만들어준 현상액이자 정착액"이다. 그리고 만의 삶에서 제일 중요한, 그녀에게 "가장 달콤하고 가장 깊은 잠"을 자게 해주던 어머니가 있다.

그 어머니는 만을 "익명의 타지"로 데려가서 키우며 "다시 태어나게 해"준 세번째 어머니다. 만이 베트남을 사랑하는 이유는 고향이기 때문이라기보다는 그곳에서 어머니와 함께 있었기 때문이다. 하지만 만은 그 어머니뿐 아니라 "믿음에 구멍"이 나버려 세상과 단절된 채 칩거하며 살던, 오크라 묘판에서 거둔 아이를 교육을 위해 교사이던 다른 여인에게 보낸 두번째 어머니도 사랑한다. 심지어 아이를 수태했을 뿐인, "머리에 구멍"이 나지 않고서는 하지 않을 일을 해버린 것으로 보아 "막 소녀티를 벗었거나 어쩌면 아직 어린 소녀였을" 첫번째 어머니까지 사랑한다(그래서 책을 시작하는 첫 단장의 제목은 「mẹ(어머니들)」이다). 그것은 아마도 저자가 전작 『루』에서부터 귀를 기울였던, 전쟁 뒤에 가려진 베트남 여인들의 삶에 대한 연민 혹은 연대감과 연결되어 있을 것이다.

만은 그렇게 혈연관계가 없는, 어릴 때 가족과 연

인과 헤어져 늘 홀로 인내하며 살아온 세번째 어머니와
진정한 모녀관계를 맺는다. '인내'를 뜻하는 '년nhẫn'이
라는 이름으로 저항군 활동을 하다가 총상을 입고 "종
아리에 구멍"을 가진 어머니는 "가슴속에 구멍"을 가진
딸을 이름 그대로 "완벽하게 충족된" 상태로 만들어준
다. 이 땅에 묶어두는 '빚'을 갚기 위해 현실을 묵묵히
받아들이는 '인내'와 "더 이상 바랄 게 없는" 상태인 '충
만함'은 서로를 채우는 존재이자 서로의 분신이다. 그
래서 만이 자신의 일부였던 뤽의 사랑을 떼어내는 순간
은 연인 프엉이 바친 "살지 못한 삶"을 두고 돌아서는
어머니의 사랑과 겹쳐진다.

책의 전반부가 어머니와 딸의 삶 이야기라면, 후
반부는 "갑자기 나타나 세계의 중심이 되어버린" 남자,
"수없이 많은 장소를 떠나면서도 단 한 번도 뒤돌아본
적 없던" 만에게 처음으로 영토를 갖고 싶다는 욕망을
불러일으킨 연인 뤽과의 사랑 이야기다. 책 전체에서
화자는 남편의 마음에는 거의 다가가지 않는다(폭군처
럼 군림하던 할아버지에 대한 두려움을 피해 힘들게 잠들
던 그의 유년기 이야기가 유일하다). 좀더 정확히는 남편

과는 내밀한 감정이 중요하지 않은 사이다. 남편과 함께는 "존재를 드러내지 않으면서 숨 쉬는" 일만 해내면 "아무런 문제도 다툼"도 없는, 아무 자국도 남지 않는 "활주로처럼 매끄럽고 평평한 길"이기 때문이다. 그녀가 뤽과 사랑하는 방식은 전작 『루』에서 프랑스어를 한마디도 하지 못하던 화자가 프랑스어 단어를 배워나가는 방식, 그리고 자폐아 아들이 언어를 익히는 방식과 같다. 그녀가 갈구하는 것은 "단계적인 발달이나 논리에 따르는 정해진 길이 아닌, 곳곳에 에움길이 있고 매복이 숨어 있는 정형화되지 않은 길"을 더듬거리며 가는 시간이며, 그 더듬거림이 몸에 흔적을 남기는 순간의 쾌락이다. 그래서 그녀는 "몸을 다 덮으려면 몇 번의 키스가 필요한지" 세어보면서, "살갗을 한 조각 한 조각 뇌리에 새겨"나가면서, 그렇게 뤽과 함께 몸의 흔적들을 하나하나 알아가는 사랑을 한다. 이별을 받아들일 때도 그의 몸에 있는 점들을 자신의 몸에 똑같이 새기는 방식으로 사랑을 떠나보낸다.

어느 인터뷰에서 킴 투이는 어째서 베트남어가 아닌 프랑스어로만 글을 쓰는지 묻는 질문에 자신에게 베트남어는 유년기의 언어라고, (그녀가 여전히 배워나가

218

야 하는) 프랑스어는 글을 쓰고 사랑을 하는 언어라고
대답한다. 이 책의 주인공 만이 20년째 이어진 남편과
의 결혼생활의 '조심스러움'을, "가깝다gần라고 말하면
그것으로 충분히 성관계를 가진 사이라는 뜻으로 이해"
될 정도로 직접적으로 지칭하지 않는 베트남어의 특성
과 연결 짓는 것도 같은 맥락이다. 조심성을 버리고 단
어의 의미를 더듬거리며 언어를 알아나가는 것, 몸을
더듬거리며 상대를 알아가는 것, 그리고 중간에 생각이
막히면 주춤하고 이미 써놓은 것을 지워버리기도 하면
서 쉼표와 마침표로 글을 짜나가는 것, 킴 투이에게 세
가지는 같은 일이다. 한 사람의 "어휘 목록"은 삶의 구
체적 체험들에 뿌리내리고 있고, 사랑은 몸에 새겨지
며, 그래서 킴 투이는 그런 어휘들을 사용해서 더듬거
리며 그런 사랑을 이야기로 쓴다.

윤 진